LILY

À ceux qui disent non.

Cécile Roumiguière

LILY

LA JOIE DE LIRE
ENCRAGE

… des plumes blanches tombées du nid des tourterelles…

Paul Eluard, *Les Jeux de la Poupée*

Juin 2013,
en sortant de La Cinémathèque, Paris

Je ne m'y attendais pas. Une *extra ball* en plein cœur. Revoir ce film restauré, aussi lumineux que le jour de sa sortie... des années après, ça fait un coup. J'avais quoi ? Vingt-deux, vingt-trois ans ? Lorie est là devant moi à fredonner les chansons du film, inconsciente de mon trouble. J'aime la regarder marcher, elle a une allure folle... Elle aurait pu jouer dans *Les Parapluies*, *Les Demoiselles* ou n'importe quel film de Demy. Elle n'aurait pas été la fille de ma fille, je ne l'aurais pas regardée comme une enfant. J'aurais pu la croiser sur un tournage, je l'aurais certainement draguée. Mais c'est fini, *Les Parapluies*. J'ai soixante et onze ans, je suis son *daddy*, un grand-père gâteau. Où est passé le Philippe flamboyant, le tombeur de filles ? Disparu. Mangé par le temps. Pas de *remastérisation* dans la vraie vie. Ni *same player shoot again* ni *extra ball*. Juste le *tilt* final qui te tombe dessus quand tu t'y attends pas.

— *Non je ne-pou-rrai jamais vivre sans toi*... Dis-donc, c'est guimauve ton film.

— Guimauve ?

— Ouais. Du sucre, ça s'étire, ça sature tous tes sens, tu as le cœur au bord des lèvres mais tu en redemandes. *Mais mon amour ne me-qui-tte pas.*

— Le film t'a plu alors ?

— D'enfer ! Mais je m'attendais à une histoire de danseuses, tu m'avais dit que ça me ferait penser à marraine. Lily dansait, elle ne chantait pas…

— Elle ne vivait pas dans un magasin de parapluies non plus, c'est vrai. Non, ce n'est pas la même histoire, Loriane. *Les Parapluies de Cherbourg*, c'est un amour fou brisé par la guerre, des destins massacrés par la grande Histoire, et une femme qui ne sait pas dire non. C'était pas facile, à l'époque, de dire non.

— Et Lily, elle a su dire non à quoi ?

— À la vie qu'on avait choisie pour elle, peut-être. Au départ, elle était le parfait petit rat de l'Opéra. Jamais un reproche de ses professeurs, un corps fait pour la danse, de l'endurance, le bon tempo. Toujours à l'heure, toujours concentrée, toujours prête à recommencer ces gestes qui devaient la transformer un jour en étoile. Dans la famille, on pensait tous que le chemin de Lily était tracé, tout droit, dans l'univers des grands ballets classiques. Mais il y a eu la guerre et le départ de Michel.

— Michel, c'est son amoureux, comme dans le film ?

— Non, mais c'est pas loin de ça. Michel, c'est le frère de Lily, ton grand-oncle. Mon cousin.

— C'est trop compliqué ces histoires de famille… Marraine aimait son frère ?

— Plus que tout au monde, jusqu'à ses seize ans et cette année 61. Oui… jusque-là. Jusqu'à ce que la guerre les sépare.

— Seize ans… c'est bizarre de se dire que marraine a eu mon âge un jour. Et qu'elle a vécu pendant une guerre. Tu l'as faite, toi, cette guerre ?

— On ne parlait pas de guerre, c'étaient *les événements d'Algérie*. On y partait l'année de ses vingt ans. Quand je les ai eus, en août 1962, c'était fini, la France avait reconnu l'indépendance de l'Algérie depuis un mois.

— Mais si tu avais été plus vieux, tu l'aurais faite.

— Je ne sais pas, Lor'. C'est compliqué. Parfois je me demande encore si j'aurais eu le courage de refuser d'y aller.

— C'était si horrible ? Ton cousin Michel, il t'a raconté ?

— La guerre, ça ne se raconte pas, ça se vit. Dans les tripes, dans la sueur. Et dans la peur.

— Tu veux dire que c'est forcément du *live* ?

— C'est ça, la guerre, c'est forcément du *live* comme tu dis.

Avril 1961,
quelque part sur les terres algériennes

Ce sifflement... J'entends plus rien, je suis sourd ! Putain, ça y est, je suis sourd ! Saleté de grenade, saleté de guerre... Et la femme ? Explosée. C'est sûr. Plus rien à faire. Si seulement je pouvais chialer. J'en ai ma claque de ramper, m'arracher les mains à avancer sur ces cailloux, de la sueur plein le cou et une envie de pisser à faire dans mon froc. Mais ce serait pire, la pisse séchée, sous ce soleil, c'est du poison pour la peau. J'ai déjà les pieds ouverts de partout. Ça grouille de champignons au fond de mes godillots. Qu'est-ce que je fous là ? Je veux rentrer à la maison. Revoir Claire. Et Lily. Manger la tarte aux pommes de maman, boire son café tiède. Aller au ciné sous la pluie, écouter de la musique. Qu'est-ce que je donnerais pas pour une soirée dans un club de jazz...

— Leguen ! Qu'est-ce que tu fous ? Relève-toi !

Pourquoi il me regarde comme ça, avec sa tête d'abruti ? Il m'a jamais vu ? Sa bouche se tord, un serpent qui se tortille. Il crie... C'est ça, il crie, et moi je me plie en deux de rire, les gradés peuvent plus me faire chier, je les entends plus, je suis sourd. Sourd, S-O-U-R-D, mon adjudant. Je m'en vais mon adjudant, c'est la quille, je glisse, le noir.

— Leguen ! Brancardiers, ramenez vos fesses, on perd Leguen.

C'est. Si bon. Glisser...

Mardi 12 mai 1961,
fin de matinée, Opéra de Paris

— Et un, et deux, et trois… gli-ssé… et quatre et cinq et six… Échappé…

Le ciel était gris. Gris comme les toits de l'Opéra.

— Plus haut les levés ! Allons, Mesdemoiselles, arrondissez les bras…

Assise à son piano, Mme Piakova retenait ses notes. Adagio.

Pas de lumière ce jour-là, comme depuis des jours, des semaines, des mois. Lily ne savait plus depuis combien de temps il faisait mauvais sur Paris.

— Et je-té ! Oui, joli… Plus haut les jambes, plus haut…

Ou plutôt si, elle le savait. Il pleuvait sur sa vie depuis exactement 7 mois, ou 206 jours, presque 5 000 heures ou 18 millions de secondes. Depuis le 17 octobre dernier.

— Tirez, tirez sur vos pointes, é-ti-rez… Vos pointes, Lily, vos pointes ! Lily, vous rêvez ?

Imiter Mlle Bellesjambes pour faire rire Michel, marcher sous la pluie avec lui, sentir son regard sur elle quand elle dansait… oui, Lily rêvait.

— Vous pouvez aller vous changer. Très bien, Jacques, vous, c'était parfait. Lily, vous viendrez me voir avant le cours cet après-midi, j'ai à vous parler.

*

— *J'ai à vous parler*… Quand Lily m'a raconté cette scène, des années après, elle en tremblait encore, comme si elle la revivait. Impossible de l'oublier, c'était la première fois de sa vie qu'un professeur avait quelque chose à lui reprocher. Elle avait toujours été une enfant sage. Ta marraine ne le savait pas encore, mais ce moment était une porte, un dernier regard sur la vie qu'elle aurait pu avoir.

— Elle s'est fait virer ?

— Tu es trop pressée, Lor'. Imagine… la vie, c'est énorme, ça ne peut pas être un seul fil qui se déroule sous tes doigts. Il en faut plusieurs, qui se tressent, se nouent. Qui cassent, parfois. D'autres s'effilochent. Ce jour-là, c'est ma cousine Lily qui se sentait tout effilochée.

*

Le cours était fini, les élèves s'éparpillaient. Mme Piakova s'est levée. Elle a fermé son piano et elle est sortie en traînant derrière elle un pied dont personne n'avait jamais su comment il avait été blessé. Grincements sur le parquet. Lily a attrapé son sac à l'envers, tout s'est répandu sur le sol. Nicole s'est penchée, elle l'a aidée à ramasser son porte-monnaie, ses journaux.

— Tu lis les nouvelles maintenant ? J'imagine que ce n'est pas l'actualité du pape qui t'intéresse. Montre-moi…

Mauvais temps sur la France, ça, merci, on n'a pas besoin des journaux pour le savoir. Encore des attentats ? Ça commence à bien faire, ils nous enquiquinent avec leur guerre…

Lily n'a pas répondu. Elle a arraché ses journaux des mains de son amie. Nicole s'est reprise :

— OK, excuse-moi. Mais tu devrais penser à autre chose ! Franchement, on est là, à Paris, on a seize ans, on va pas pourrir notre jeunesse à penser à cette fichue guerre !

Lily s'est tournée vers le miroir. Elle aurait pu mordre Nicky, ou la gifler, elle ne l'a pas fait. Lily n'était pas comme ça, on lui demandait d'être douce et sage depuis toujours, depuis toujours elle obéissait. Et Nicky était son amie… Elle aurait dû comprendre la tristesse de Lily. Est-ce que Nicky ne pensait jamais à Michel depuis qu'il était parti là-bas, en Algérie ? Depuis des semaines, Lily avait eu si peu de nouvelles de son frère… Quelques lettres, puis des phrases griffonnées sur des pages arrachées à des cahiers d'écolier. À croire que Michel oubliait sa sœur, sa mère. Lui qui aimait tant écrire, discuter de tout, la guerre lui avait volé ses mots. Et maintenant… plus de lettre, plus de nouvelle. Lily préférait ne pas y penser. Ce silence était un vertige. Il était l'impossible.

Lily attrapa son chandail. C'est peut-être parce qu'elle était fille unique que Nicky avait du mal à comprendre son angoisse. Elle n'avait jamais partagé ses jours avec un grand frère qui la protégeait, qui l'aimait et la regardait comme jamais personne d'autre ne la regarderait.

Nicky s'est approchée, elle a touché l'épaule de Lily, qui a sursauté.

— Tu fais la tête ? Allez, arrête de penser à ça tout le temps, Michel reviendra, tu sais bien. Il serait content de savoir que tu t'amuses pendant qu'il…

Le corps de Lily a répondu à sa place, il s'est tendu. Elle a repoussé cette fille qui était son amie depuis si longtemps et qui ne comprenait plus rien à ce qu'elle vivait. Le regard de Nicky est devenu lourd de toute cette enfance de fous rires partagés. Elle a chassé le gris dans ses yeux en soulevant sa frange d'un souffle :

— Oh, moi, ce que j'en disais…

Puis elle s'est éloignée vers un groupe de filles prêtes à partir. Lily s'est penchée pour rajuster la fermeture de son sac. Les filles ont éclaté de rire. De quoi se moquaient-elles ? Des vacheries de Mlle Bellesjambes ? De Lily ? Lily s'en fichait. Cette crampe… elle revenait. Lily s'est forcée à respirer plus largement. Retenir la douleur, l'empêcher d'envahir le bas de son ventre. Elle n'y est pas arrivée. Depuis quelque temps, la douleur gagnait toujours.

Nicole s'est retournée, toute en sourire. Elle a vu Lily pliée en deux, sa grimace. Son visage s'est troublé :

— Lily… Ça va ?

Lily l'a rassurée d'un geste, ce n'était rien, ou si peu. Nicky a insisté :

— Tu viens ? On va manger en regardant passer les trains à Saint-Lazare.

Lily a haussé les épaules. Les filles sont sorties dans un piaillement de volière. Nicky a hésité un instant, elle a lancé un regard à son amie. Lily s'est penchée sur son sac pour l'ignorer. Quand elle a relevé la tête, Nicole n'était plus là. Seule dans le vestiaire, Lily a pris le temps de regarder les justaucorps suspendus, les miroirs salis de traces de doigts. Elle aimait sentir cette odeur de poudre, de talc et de sueur. Elle a fini de délacer ses chaussons, il fallait qu'elle sorte si elle ne voulait pas rester enfermée là tout le temps du déjeuner.

*

Sur son toit, Nino a regardé les jeunes filles s'envoler. Elles ne le connaissaient pas, ne savaient même pas qu'il s'appelait Nino et qu'il les aimait. Enfin… surtout elle. Il rangea son carnet. Elles étaient toutes belles, mais elle, c'était autre chose. Son regard était noyé, elle était là et elle était ailleurs en même temps. Si belle. Il y avait longtemps qu'il la guettait, elle ne le savait pas. Pour toutes ces filles, pour ces danseurs, il n'était qu'une ombre, une silhouette qu'ils croisaient dans les couloirs. Un ouvrier. Rien de plus. Une fois, elle, elle avait failli le voir. Il raccordait un bout de zinc sur la corniche, elle avait regardé par la lucarne, il s'était reculé, très vite, elle aurait pu croiser son regard ! Le cœur de Nino s'était mis à battre très fort, à en avoir le vertige.

Le ciel était presque violet maintenant. Un air frais s'était engouffré sur Paris et des nuages plombés annonçaient l'orage. Avec un peu de chance, il ne pleuvrait pas avant le soir. Nino frissonna. Pour elle, il n'existait pas, et c'était mieux comme ça.

À l'écart de la lucarne, au pied de l'Apollon, il savait qu'on ne pouvait pas le voir depuis la salle de danse. Il s'asseyait là. Entre deux réparations, il avait tout son temps pour la dessiner.

Elle est si belle, elle m'émerveille.
Ne pas la toucher, ne pas l'effaroucher.
Jour et nuit je rêve d'elle,
des mots que je lui dirai…

*

— C'est qui ce Nino ? Marraine le connaissait ?

— Non. Pour elle, il est resté une silhouette, un ouvrier comme il y en a des dizaines à l'Opéra.

— Et toi, tu sais qui c'est ? Et comment tu sais qu'il la regardait et qu'il passait son temps à la dessiner ?

— Oh, moi… n'oublie pas que ton daddy préféré a travaillé dans le cinéma, les histoires, quand on ne les connaît pas, on les invente. Je t'invite à dîner ? Je connais un restaurant indien pas trop loin. Revenons à ta marraine…

Mardi 12 mai 1961,
heure du déjeuner, Opéra de Paris

Avant cet hiver maudit, Nicole et Lily sortaient ensemble dans les rues de Paris. Après les cours, elles aimaient marcher, traverser la Seine jusqu'à l'Odéon, boire des diabolos menthe en faisant jouer le juke-box, *Rock around the clock* au fond du café Le Balto. Personne à l'Opéra ne savait qu'elles allaient là-bas, surtout pas Mlle Bellesjambes !

Elles riaient de tout, le patron les appelait Nicky-Lily et Lily-Nicky les sœurs jumelles. Les élèves des Beaux-Arts emplissaient par vagues ce café des bords de Seine. Nicole s'était mis dans la tête qu'entre artistes on devait s'entendre, et qu'à tout prendre autant rencontrer des garçons peintres ou sculpteurs que des garagistes ou des plombiers. Avec son père architecte, son appartement de la rue Girard-de-Saint-Armand dans le VIIIe arrondissement, au milieu des ministères, Nicole avait toujours eu des goûts de luxe. Choisir quelqu'un en fonction de son métier, Lily trouvait ça bête : un garçon, quand il a un regard et un sourire qui vous font fondre, on se fiche bien qu'il soit maçon ou président de la République. D'ailleurs, Nicole était un peu amoureuse de son frère, et Michel était instituteur, pas artiste, c'est bien la preuve que le métier ne compte pas en amour. Lily avait remarqué le regard de Nicky qui s'attardait sur son frère quand il les accompagnait au ciné. Elle se moquait d'elle :

jamais Michel ne regarderait une danseuse, il n'aimait que les intellectuelles aux bras chargés de livres, il avait trop besoin d'échanger des idées, de philosopher à longueur de journée. La seule danseuse qu'il aimerait jamais, c'était elle, Lily.

Nicole avait bafouillé. Elle avait affirmé qu'elle était aussi une intellectuelle, la preuve, elle lisait Françoise Sagan. Et elle avait lu *Lolita* aussi, ce roman tellement… charmant. Elles avaient éclaté de rire, elles étaient légères et gaies. Elles sautillaient à pas de lutins sur les bords des trottoirs. Puis il y avait eu cette lettre, « Bon pour le service ». Michel avait vingt ans, il était appelé en Algérie. Le ciel s'était déchiré au-dessus de Lily.

— Dépêchez-vous, Mesdemoiselles. Ah, il ne reste que vous Mademoiselle Liliane…

La femme chargée du ménage posa son seau et ses balais au milieu de la salle de danse. Dans les miroirs, reflets en échos, des centaines de balais se faisaient de l'œil sous leur frange. Des balais trop sages pour un ballet immobile. Lily se dit qu'il ne fallait pas qu'elle oublie son écharpe, ce mois de mai était tellement froid… À croire que le printemps n'avait pas envie de s'installer cette année.

Mardi 12 mai 1961,
heure du déjeuner, quartier de l'Opéra

Lily s'est retrouvée dehors, au milieu de rues plates, inertes, dans une lumière de plomb. Une lumière lourde, sirupeuse, belle ambiance pour un enterrement… Ça tombait bien, ça faisait quelques jours que Paris vivait dans le lugubre, au moins deux semaines, depuis cette histoire de généraux à Alger qui avaient essayé de renverser le gouvernement. Les Parisiens ne respiraient plus. Ils redoutaient les explosions qui pouvaient leur tomber dessus à tout moment. Lily, elle, avait peur pour son frère. Elle avait grandi dans une famille sans dieu ni messe, mais aujourd'hui elle se prenait à inventer des prières pour qu'on donne aux Algériens ce qu'ils voulaient et que Michel lui revienne. Le retour de Michel, c'était la seule chose qui comptait !

Un autobus l'a frôlée. Le chauffeur a klaxonné comme un père hurle après un enfant qui a traversé la route sans regarder. Lily a marqué un temps d'arrêt. Elle a imaginé la mort, une mort couleur rose poudré. En octobre, quand Michel était parti, elle avait repensé à leur père, à sa mort. Leur mère n'en parlait jamais. Ce n'était pas à elle que Lily aurait pu raconter ses angoisses d'enfant, ces nuits quand elle appelait son père, qu'elle se réveillait en sursaut pour s'apercevoir que le vrai cauchemar c'était la réalité : elle avait cinq ans et son papa était mort. Michel venait dans son lit pour la consoler ; sa mère, jamais. Mme Leguen dormait dans la chambre d'à côté, assommée de cachets. Alors, quand Lily s'était retrouvée seule avec sa mère, les mots n'étaient pas venus, il était trop tard pour ça. Le soir, chez elles, la lampe au-dessus de la table n'arrivait pas à forer le silence, à racler les non-dits. Mme Leguen rangeait, elle cousait, pliait tout ce qui traînait. Aussitôt le repas terminé, les assiettes essuyées, empilées bien à l'étroit dans le placard aux étagères tapissées de fleurs mauves, Lily se réfugiait dans sa chambre.

Elle préférait ne pas y penser, elle a accéléré. Devant elle, des amoureux s'enlaçaient. L'homme s'est penché vers la jeune femme, il a embrassé ses cheveux, la femme lui a tendu ses lèvres. Lily a souri, les amoureux ne s'apercevaient même pas qu'elle était tout près d'eux, ils ne voyaient rien, le monde pouvait s'écrouler, une bombe exploser, qu'importe quand on s'aime. Ils se comprenaient sans se parler, ils étaient beaux… *J'ai à vous parler.* Mlle Bellesjambes ! Lily s'est dépêchée, elle devait arriver avant l'heure du cours et affronter son professeur. On ne plaisantait pas avec la discipline à l'Opéra.

Mai 1961,
quelque part dans une casemate

J'aurais dû mourir. Mais non. Le corps est notre propre ennemi. Il nous lâche quand on a besoin de lui mais il résiste quand on voudrait qu'il crève, que la baudruche se dégonfle, se tasse et devienne un galet de boue qu'on met au fond d'un trou. Et basta. Mais j'ai survécu. J'y ai juste laissé le silence. De jour comme de nuit, mes oreilles sifflent. Depuis cette putain de grenade, j'ai l'impression d'avoir des cocottes vapeur plein le crâne. Quelle idée aussi j'ai eu d'essayer d'aller plus vite qu'une grenade ? Pourquoi cette femme a voulu retourner dans son gourbi ? J'aurais pu y rester, c'est ce que me reproche l'adjudant. Trois jours de corvées de chiottes pour me faire passer l'envie de jouer au protecteur de la veuve et de l'orphelin. Est-ce que je pourrai encore écouter Coltrane et Miles Davis ? Ces sifflements vont pas me bousiller les notes du sax, ce serait trop rude ! Mais j'ai le temps de voir venir, ici, mes oreilles ne me servent pas à grand chose. Et les sifflements, la nuit, ça étouffe les cris des fellaghas qu'on interroge. Vu les beuglements qu'ils poussent, les pauvres bougres doivent pas être à la fête… Il faut que j'arrête de me mentir. Je suis venu ici au nom de la civilisation, de la connaissance à apporter à ces peuplades qui n'en demandaient pas tant, mais leur pacification, c'est du bobard. Un papier cadeau pour enrober le paquet de merde. Une façon de ne pas appeler guerre ce qui est pire qu'une guerre.

*

— Mais…
— Mais quoi, Lor' ?
— Michel ne savait pas que la guerre était sale avant d'aller la faire ? Avec les jeux vidéos, les infos, internet et la télé, aujourd'hui, tout le monde sait ça.
— Disons qu'il ne voulait pas le voir. Personne ne voulait regarder la vérité en face. Notre grand-père était mort pendant la première guerre mondiale, le père de Michel avait été blessé au tout début de la seconde, Michel voulait peut-être les venger. Mais je pense plutôt qu'il a vraiment cru qu'ils allaient se battre pour que la civilisation, les valeurs de la République et celles des droits de l'Homme continuent d'être respectées sur ces terres éloignées de la France. Après…
— Après quoi ?
— Après, c'était différent. Michel a vu tellement de choses là-bas. Il s'est mis à douter de tout, et surtout de la civilisation, qui n'était pas toujours là où on le pensait. Il pensait que la pourriture prenait sur tous les terreaux, qu'elle gangrenait tout.
— Et pendant ce temps, Lily l'attendait. Elle savait ce que son frère vivait ?
— Non. Il n'écrivait plus, il n'osait plus.

Mardi 12 mai 1961, rive gauche

Lily marchait vite. Sans qu'elle s'en soit aperçue, ses pas l'avaient menée trop loin, de l'autre côté de la Seine, sur cette rive gauche qu'aimait tant son frère. Un quartier de librairies, les bureaux des éditeurs, des cafés aux terrasses pleines de jeunes fauchés mais prêts à refaire le monde, et les caves à jazz, la nuit. Elle a regardé son bracelet-montre, moins d'un quart d'heure pour remonter jusqu'à l'Opéra, elle devait accélérer encore.

Au début, Michel écrivait. C'était encore le Michel que Lily connaissait par cœur, *son* Michel. Il parlait des paysans qu'on chassait de leurs villages, de la misère, de ce nouveau copain, Yassim, avec qui il parlait de Dieu et de Allah, des colis qu'il voulait qu'on lui envoie, avec des cigarettes et des journaux, *Le Monde*, *l'Obs* et *l'Express*. Dans une lettre, il décrivait la pluie, la pluie fine de leurs vacances d'hiver à la Baule, cette pluie qui lui manquait… Il racontait la chambrée et les copains, les villages, les montagnes escarpées striées de rivières. Les enfants et les femmes à qui il enseignait comme il pouvait, ils étaient si nombreux. Michel racontait comment, sans livre ni cahier, il mimait les lettres de l'alphabet. Il faisait rire Lily, il savait bien qu'elle s'inquiétait. Ses mots la rassuraient, elle les attendait. Il parlait de *perme*, une permission pour passer quelques jours en France avec nous. Cette perme,

Lily l'attendait plus que tout au monde. Mais, sans cesse repoussée, la perme n'arrivait jamais.

Les lettres s'étaient espacées. Michel ne parlait plus que de broutilles, le temps qu'il faisait, ce qu'il mangeait. Il n'était pas heureux, Lily l'avait senti. Il taisait quelque chose, mais quoi ? L'inquiétude avait grandi, elle avait rongé la bonne humeur de Lily. La ballerine n'avait plus envie de Balto ni de *rock'n'roll*. Plus de Michel, plus de sorties. Plus d'envie ni de désir. Juste l'attente de son retour.

Elle se sentit faible d'un coup, un vertige. Elle avait l'habitude, elle aimait presque cette sensation de se dissoudre. Elle s'adossa contre un arbre, ça allait passer. Mais elle ne serait jamais à l'heure à temps si elle traînait. Il faudrait qu'elle mange, qu'elle avale quelque chose. Tout la dégoûtait.

Reprendre son souffle. Ne pas courir. Marcher vite. Respirer.

Après cette lettre qui parlait de pluie, Michel avait changé, Lily l'avait lu dans ce que son frère taisait. Et l'horreur était arrivée, ce que Lily redoutait le plus au monde : le silence. Plus une lettre, plus un mot depuis des semaines. Lily avait beau se dire que si Michel avait été tué, l'armée les aurait averties, elle ne pouvait pas s'empêcher d'imaginer le pire. Parfois, elle rêvait qu'elle marchait au milieu de bombes qui explosaient, entre des cratères qui mettaient à nu les entrailles de Paris. Les pavés sortaient des rues comme de vieux chicots de la bouche d'un clochard, des rires édentés qui résonnaient longtemps après qu'elle se soit réveillée. Quand elle avait appris qu'il y avait eu un attentat au plastic sur l'avenue de l'Opéra, elle avait pensé un instant que son rêve était réalité. Un instant seulement… Ce n'était qu'un petit explosif de rien du tout, il n'avait même pas fait de victime. Mais depuis, on croisait des policiers partout. Et sa mère n'arrêtait pas de lui dire de faire attention. Attention à quoi ?

Bombes ou pas, Lily continuait de marcher dans les rues. L'Opéra, enfin, elle y était. Lily passa par la grande porte et se précipita dans l'escalier.

Mardi 12 mai 1961, après-midi,
un cours à l'Opéra

Dans les vestiaires, Nicole et son groupe de copines étaient déjà en train de s'échauffer. Lily se déshabillait à toute vitesse, Nicole s'est approchée d'elle :

— Mlle Bellesjambes a son air de King-Kong, tu vas ramasser un de ces orages…

Qu'est-ce que ça pouvait bien lui faire ? Ni King-Kong ni ses orages ne feraient rentrer Michel plus vite. Lily s'accrochait à cette idée, en même temps, une engueulade de Mlle Bellesjambes, ça secouait salement, et Lily n'y était pas habituée. C'était bien la première fois que ça lui arrivait. Elle entra dans la salle de cours en apnée.

— Ça ne va pas du tout. Lily !

Le cri de Mlle Bellesjambes la fit sursauter. Une veine palpitait sur la tempe de son professeur ; debout, Lily attendait la tempête. Elle pensa que c'était absurde, marrant, mais elle se sentait comme dans une bulle, ailleurs. Elle ne voyait que cette trace violette qui frémissait.

— Qu'est-ce que vous croyez ? La danse, il faut tout lui donner, tout ! Vous n'êtes plus à ce que vous faites, vous n'êtes pas concentrée. Vous m'entendez ? Lily !

Mlle Bellesjambes a attrapé son bras, elle a effleuré la boursouflure du pansement sous le justaucorps, et eu un temps d'arrêt. Elle a soulevé le tissu. Le pansement était là, qui la narguait. Elle l'a arraché.

— Un tatouage ! Mais vous êtes folle ! Un tatouage, comme un vulgaire marin…

Lily a reculé, elle ne répondrait pas. La veine mauve continuait de palpiter. Mlle Bellesjambes ne pouvait pas comprendre. Lily a regardé au-delà de la lucarne ouverte sur les toits, jusqu'aux nuages lourds de gris accumulés.

— Une danseuse tatouée, on n'a jamais vu ça ! Je devrais vous chasser. Vous m'entendez ? Lily !

Mlle Bellesjambes secouait son bras. Si elle secouait plus fort, le bras se démembrerait, sûrement, et Lily deviendrait une poupée démantibulée, condamnée à pourrir au fond d'un grenier.

— Un tatouage sous le sein. Mais vous vous prenez pour qui, ma fille ? Vous croyez entrer dans le corps de ballet avec cet esprit ?

Lily a senti son visage se vider de son sang. Elle s'est détachée de cette femme qui avait osé la toucher. Son corps tremblait comme les feuilles de l'arbre sous le vent qui se lève. Elle a caressé la boursouflure sous son sein, à la place du cœur. Elle était encore douloureuse, elle n'avait que quelques jours. Le 2 mai, dix jours auparavant, Lily avait eu seize ans. Elle s'était fait tatouer une rose et un bouton de rose enlacés. La rose pour Michel, le bouton pour elle, frère et sœur liés à jamais, éternel cadeau d'anniversaire. Elle était allée voir Mame Marthe, la vieille marraine de leur père, une dame qui avait beaucoup vécu et qui connaissait des tas de gens étonnants. Elle habitait près du Trocadéro, dans une loge de concierge, mais quand elle racontait sa vie, tout Paname tenait dans ses dix mètres carrés. Elle lui avait donné une adresse à Belleville, lui avait conseillé de s'y présenter de sa part et avait juré de n'en parler à personne. Le tatoueur était un vieux bonhomme maigre, il n'avait pas eu l'air surpris, il n'avait rien dit. Au nom de Marthe, il avait hoché la tête puis avait planté l'aiguille dans sa peau. Brûlure.

Mlle Bellesjambes s'est étranglée :

— Et le concours ? Vous y pensez, au concours ? Vous avez toutes les chances d'y arriver, vous êtes une des meilleures, vous le savez. Et c'est maintenant que vous vous laissez couler ?

Par la lucarne entrouverte, un vent frais est venu cingler les joues de Lily. Mlle Bellesjambes s'est éloignée. Un tic nerveux secouait sa paupière lourde de khôl.

— Je devrais vous chasser. Les circonstances… Votre mère m'a dit à quel point vous étiez affectée par le départ de votre frère. Je comprends, moi-même, un neveu. Enfin… je ne peux pas… Mais faites attention à vous, Lily. Concentrez-vous pour le concours, ne pensez qu'à ça. Et cachez cette horreur, que personne ne la voie, jamais ! Par pitié.

*

Sur son toit, Nino glissa son crayon de bois entre ses lèvres. Deux mois qu'il avait arrêté de fumer, ses poumons étaient en train de se faner. Cette fois, il devait y arriver, c'était ça ou mourir. Un chat vint se frotter à sa jambe. Nino se pencha pour le caresser, l'animal s'enfuit. En bas, les voitures filaient, les passants s'agitaient, minuscules insectes sur la route du soir. Un bus roulait vers l'ouest. À moitié décrochée, une affiche « Miles Davis à l'Olympia » battait dans le vent, elle annonçait un concert déjà passé. Nino aurait pu y emmener Lily, il aurait pu l'inviter. Il aurait suffi de lui dire : « Lily… je sais que vous vous appelez Lily. Lily, voulez-vous venir écouter du jazz avec moi ? » Il y a quelques semaines, Lily souriait encore. Aujourd'hui, devant ce regard, cette absence, Nino n'imaginait même pas lui dire un simple « bonjour ». Maintenant qu'il savait pourquoi Lily était triste, il trouverait comment la faire rire. Il sortit son chiffon, cracha sur le zinc et se mit à l'astiquer. Il y mit toute sa force. Sa belle était triste, son frère lui manquait. Qu'importe. Un frère, ce n'était pas un rival. Nino n'était pas en danger. Il écrirait le prénom Lily sur tous les toits de Paris, il se ferait chat pour la consoler. S'il le fallait, il deviendrait fauve pour la protéger. Et un jour, enfin, il serait prêt. Un jour, il lui parlerait, elle le verrait. Ce jour-là, enfin, elle saurait qu'elle était faite pour lui, qu'il était son unique possible, l'amour de sa vie. Lui qui vivait seul depuis tant d'années, il ne vivait que pour ce moment, cet instant où Lily lui dirait enfin les mots qui tournaient sans cesse dans sa tête. Je t'aime, Nino, je n'aimerai jamais que toi…

*

— Il est bizarre ton Nino… S'il avait eu internet, il se serait moins fait *iech* à toquer ta Lily, et ils se seraient peut-être mis ensemble, ça aurait fait moins d'histoires. Il pouvait pas lui téléphoner ?

— Nino ne vit pas sur facebook, Lor', il vit sur les toits de l'Opéra dans un temps sans téléphone portable…

— Ni télé, je sais.

— Si, la télé existait, mais tout le monde ne l'avait pas.

— Super… Heureusement qu'elle avait la danse, grand-tatie Lily, sans ça, bonjour l'ennui en mode majeur. Et toi, tu passais ton temps à quoi ?

— J'inventais des histoires, je me faisais du cinéma, avant d'y travailler pour de bon. Les lumières… j'aime bien la lumière.

Mardi 12 mai, fin d'après-midi, vers les quais

L'orage a détrempé les rues. Aussi vite fini qu'éclaté, il a laissé la ville ruisselante. Les mots de Mlle Bellesjambes se cognaient les uns aux autres dans le cerveau de Lily. Des billes dans un flipper. Elle marchait sur la bordure des trottoirs. Un pas, deux pas, si elle arrivait à compter jusqu'à cent sans tomber, la guerre finirait et Michel reviendrait avant l'été. Mlle Bellesjambes pouvait dire ce qu'elle voulait, Lily s'en moquait. Trois, quatre… Chauffard ! Une voiture est passée trop près d'elle, sa jupe est tout éclaboussée de boue. Lily a maudit l'abruti. Un pied dans le caniveau, elle a perdu.

Recommencer. Il fallait qu'elle y arrive. La danse, ce n'était pas sa vie après tout, elle faisait ce qu'elle voulait. Elle se tatouait comme elle en avait envie. Un, deux, trois… au premier faux-pas, Michel serait perdu. Elle a trébuché, une voiture a klaxonné, encore perdu.

Accélérer. Descendre jusqu'à Palais Royal, longer Rivoli, jusqu'à la Seine. Une nouvelle fois, un automobiliste l'a aspergée d'eau sale. Ses chaussures ouvertes laissaient couler l'eau en rigole jusqu'au bout de ses pieds. Lily est arrivée devant la boutique, trempée. Elle a poussé la porte, le carillon a tinté. Comme tous les jours depuis des années.

L'odeur âcre des chiures d'oiseaux, des graines et de l'eau croupie l'a submergée, les pépiements vrillaient ses tympans.

Un oiseau, c'est gai ! C'était la devise de sa mère, qui était prête à tout pour vendre son cheptel. Deux oiseaux, c'est déjà beaucoup, mais une oisellerie entière, c'était un cauchemar. L'oisellerie de sa mère, Mme Leguen. Lily vivait là avec elle, au-dessus de la boutique, une seule adresse pour elles deux : « Oisellerie-graineterie des Anges », quai de la Mégisserie.

Une fois passée la boutique, derrière la caisse, on montait un escalier en colimaçon qui débouchait dans la cuisine. La pièce était assez grande pour qu'on y prépare et qu'on y prenne les repas. On y entendait les bruits étouffés des oiseaux. Il y faisait chaud, un vieux poêle à charbon faisait office de chauffage pour tout l'appartement et gardait tiède le café que sirotait sa mère tout au long de la journée, jusqu'à tard le soir. Derrière la cuisine, une pièce sans fenêtre servait de salle d'eau. Elle n'était pas très confortable. Au plus froid de l'hiver, pour ne pas se geler, on y faisait flamber de l'alcool à brûler dans une vieille casserole, mais il y avait une douche depuis peu, le luxe de Mme Leguen, qui était une *femme moderne* comme elle disait. Encore au-dessus, c'était l'étage des chambres. Au départ, il y en avait deux, celle des parents et celle de Michel. À la naissance de Lily, on en avait partagé une : Michel d'un côté, Lily de l'autre. La fenêtre avait elle aussi été divisée pour donner deux pièces tout en longueur mais avec vue sur la Seine. Cette demi-fenêtre, c'était le seul endroit de l'appartement où Lily se sentait vraiment bien. Elle y passait de longs moments à regarder les reflets des lumières sur l'eau, les bateaux, si lents. Et les oiseaux libres, ceux que personne, même pas sa mère, ne mettrait en cage.

Depuis le départ de Michel, elle allait souvent dans sa chambre. Elle regardait sa collection de porte-clefs accrochés au mur, la tablette de chocolat et le téléviseur miniatures, ses préférés. La photo de Brigitte Bardot au-dessus de son lit. Michel rigolait avec ça, il disait qu'il faudrait qu'il l'enlève, Claire serait sûrement jalouse quand elle verrait une pin-up au-dessus de son lit. Claire… Leur mère n'était pas au courant. Michel lui avait confié son secret avant de partir : il voyait cette fille de plus en plus souvent, il était amoureux et il faudrait bien qu'il la leur présente, un jour. Lily se demandait à quoi elle ressemblait. Est-ce que Michel lui écrivait, à elle ? Peut-être que Claire avait des nouvelles, qu'elle savait ce que devenait Michel et pourquoi il n'écrivait plus à sa sœur ni à sa mère.

Lily aimait bien ouvrir la boîte à trésors de Michel, un coffret en miroir posé sur sa commode. Il était très fragile, Michel lui avait toujours interdit d'y toucher. Michel n'était plus là pour lui interdire quoi que ce soit…

Des coquillages ramassés tout au long des étés passés à la Baule, une pièce de 1938, l'année de sa naissance, la croix de combattant volontaire de grand-père, quelques roubles venus d'on ne sait où. Michel possédait une quantité impressionnante de disques, du jazz, Léo Ferré et Juliette Gréco. Ils étaient posés sous l'étagère de ses livres d'enfant, des Rouge et Or bien alignés. Au-dessus, tous les livres qu'il avait achetés ces dernières années, *La Condition humaine*, *La nausée*… Lily en a attrapé un au hasard, *L'Étranger*, Albert Camus. Elle l'a ouvert. *Aujourd'hui, maman est morte. Ou peut-être hier, je ne sais pas. J'ai reçu un télégramme de l'asile : « Mère décédée. Enterrement demain. Sentiments distingués. »*.

Maman est morte… C'était d'un gai ! Lily avait bien essayé de lire les livres de son frère. Mais les mots glissaient, elle n'arrivait pas à les retenir, les phrases se disloquaient. Plus rien n'avait de sens depuis que Michel était parti.

Lily est entrée dans sa chambre, elle a jeté son écharpe et sa veste sur son lit. Pourquoi la guerre ? Elle a balayé la pièce du regard. C'était encore une chambre d'enfant, avec ses poupées, ses peluches. Quand elle était petite, Lily leur parlait. Elle leur demandait pourquoi son père était mort avant qu'elle soit grande, pourquoi le ciel était bleu et pourquoi il fallait toujours manger la viande avant d'avoir un dessert. Elles lui répondaient, Lily entendait leur voix dans sa tête, elle imaginait des réponses. Aujourd'hui, pas une peluche, pas une poupée pour répondre à ses questions. C'est qu'elle n'avait plus l'âge des poupées ! Lily envoya voler un cygne déplumé contre le mur. Au passage, une photo a valsé, Michel et elle, enfants, riant sous la neige. Leur père était encore vivant à l'époque, c'est lui qui avait pris la photo. Michel n'avait pas le droit de la laisser seule ! Pas le droit de ne pas écrire. Lily s'acharnait sur l'oiseau, elle le frappait contre son lit, le bourrait de coups de poing.

— Lily ? Lily, arrête…

Sa mère était là, debout dans l'encadrement de la porte. Lily ne l'avait pas entendue. Mme Leguen a ramassé la peluche, elle l'a posée sur la commode. Lily fixait une fissure sur le mur. Sa mère s'est assise près d'elle, sans rien dire. Ses doigts ont rajusté une mèche de cheveux sur le front de Lily. Son regard s'est perdu sur la photo tombée au pied du lit, il a filé sur la Seine où un bateau-mouche faisait rugir sa corne de brume.

— Lily…

Lily a détourné son visage, elle a serré les lèvres pour ne pas hurler. Sa mère a hoché la tête. Elle a fait un geste pour lui prendre la main, Lily l'a retirée.

— J'ai appelé son régiment, on m'a dit de ne pas m'inquiéter, rien à signaler. Ils ne peuvent rien me dire, Michel doit être en mission, il n'a tout simplement pas de moyen d'envoyer du courrier…

— Pas une seule boîte aux lettres dans ce pays ? Je croyais que c'était la France, là-bas… Il y a quelque chose, c'est sûr, ils ne veulent rien nous dire, ils cachent un truc, Michel est blessé, ou prisonnier des fellaghas, ou même…

— Lily ! Arrête. On ne sait rien, pas la peine de s'inventer des horreurs avant qu'elles ne soient réelles !

Sa mère serrait les mâchoires, son corps tout entier tremblait. Et si elle mentait ? Si Michel était mort, que sa mère le savait et qu'elle voulait le lui cacher ? Jusqu'à quand pourrait-elle tenir un mensonge comme celui-là ?

— Lily… Michel reviendra. Regarde ton poignet, il est trop maigre. Il faut manger, sortir, voir tes amis… Tu as seize ans, Lily !

— Oui, j'ai seize ans ! Et lui vingt. Il n'avait pas le droit ! Il m'a promis, quand papa est mort, tu te souviens ? Il m'a dit que jamais il ne m'abandonnerait. La danse, c'était pour lui, rien que pour lui. Ça sert à quoi, maintenant, s'il n'est plus là pour me regarder ? À quoi ça sert, toutes ces heures à répéter pour être la meilleure ?

— Ça sert à être fière de toi ! Vivre, ça s'apprend. Il faut de l'élégance…

— De l'élégance ?

— Oui, Lily, l'élégance de la vie. Sourire même quand on est brisé à l'intérieur, c'est ça, l'élégance. Tu veux être belle ? Souris. C'est ce que ton frère voudrait.

Sa mère s'est levée. Elle a ramassé les bouts de verre brisé, remis en place la photo dans son cadre.

Un cri a submergé Lily, elle a explosé :

— Je me fiche de ce qu'il voudrait, tu comprends ? Il me manque, j'en crève !

Sa mère s'est retournée, sa voix était dure.

— Et moi, tu crois que je n'en *crève* pas comme tu dis ? Tu te crois seule au monde à souffrir, quand des femmes perdent leurs enfants, leurs maris ? Tu crois que ça ne me fait rien de savoir mon fils loin, qui souffre peut-être, sans que je puisse rien y faire ? Toi, toi toi. Tu ne penses qu'à toi.

Elle est sortie. La porte a claqué. L'écho du choc a mis Lily KO. Elle a sombré sans même prendre le temps de se déshabiller.

Mercredi 13 mai 1961, en allant à l'Opéra

Le lendemain, Lily s'est réveillée *toute froissée de tristesse*, comme aurait dit son frère. Nicky est passée la chercher, une façon sans doute de retrouver leur complicité mise à mal la veille. Elle avait de bonnes nouvelles. Son oncle qui travaillait dans un ministère avait dîné chez eux. Il avait raconté que la crise était passée maintenant que les généraux putschistes s'étaient rendus. Dans les bureaux, on parlait plus de la mort de Gary Cooper que de l'Algérie, et avec l'ouverture des négociations pour la paix à Évian, les soldats allaient bientôt rentrer, c'était certain.

Lily voyait bien que Nicky voulait lui faire plaisir, mais elle ne pouvait pas s'empêcher d'être amère.

— La paix, demain, bientôt… Toujours les mêmes mots, les mêmes histoires. On parle de paix depuis des mois, mais on n'entend jamais le mot « guerre », tu as remarqué ? On n'est pas en guerre, oh non. Il y a les *événements* d'Algérie, la *pacification*, mais pas de guerre. Comme si le mot *guerre* était sale. Des soldats armés face à d'autres hommes armés, comment tu appelles ça, toi ? Qu'est-ce que c'est si ce n'est pas la guerre ?

Nicky a pris sa mine boudeuse, elle a attrapé le bras de Lily, qui l'a retiré.

— Tu penses trop, Lily. Tu devrais être contente, Michel

va être libéré, il reviendra avant la fin de ses deux ans de service.

La bouche de Lily s'est tordue en un pauvre sourire, Nicky faisait tellement d'efforts pour la rendre plus gaie. Quoi qu'il arrive, Nicky était optimiste, c'était sa façon d'être. Les jours qui se suivaient n'étaient pour elle que des nuages roses à chevaucher le plus joyeusement possible. Mais tout le monde ne pouvait pas être aussi légère qu'elle. Lily ne voulait pas lui faire de la peine, elle a glissé son bras sous celui de Nicky.

— Certainement, oui. On verra bien.

Son esprit s'échappa. Il s'enfuit là-bas, dans ces terres si sèches qui devenaient poussière sous les pas de Michel. Il était parti pour faire le soldat instituteur, loin des combats. Mais à la guerre, on se bat. Lui qui était tellement gentil… Lily ne se rappelait pas l'avoir jamais vu se mettre en colère. Sauf ce jour d'été où ils avaient croisé un homme qui tapait son chien à grands coups de pied. Michel était devenu comme fou, il avait attrapé l'homme par le col et l'avait traîné par terre en lui hurlant d'arrêter. C'était la seule fois où Lily l'avait vu violent. Avec elle, Michel n'était que tendresse… Est-ce qu'il dormait en ce moment ? Lily aurait voulu être avec lui, elle lui aurait porté des cigarettes, des livres, un poste de radio pour qu'il écoute de la musique. Elle s'imaginait dansant avec lui. Il souriait de ses dents si blanches…

— Eh mais tu es où, là ?

Nicky serra le bras de Lily, elle rit.

— T'es pas croyable quand même… Tu veux un chewing-gum ? Ça va te réveiller.

Lily a pris le chewing-gum. Elle a arraché le papier bout à bout, comme fascinée par les reflets du soleil matinal sur l'aluminium.

— Tu m'écoutes ? Tu es prête pour le concours ? Moi, j'ai une crampe qui me prend le mollet, la nuit, c'est affreux. Il ne faut pas que ça m'arrive le jour de l'examen, tu imagines… C'est dans un mois à peine maintenant. Maman me dit que je dois boire beaucoup d'eau, tu crois que ça marche ?

Lily l'a rassurée, sa crampe n'était rien. Elle ne lui dit pas qu'elle, elle avait mal au ventre, à la tête, depuis des semaines. Il faisait beau ce matin-là. La rue avait retrouvé sa lumière de presque été. Lily voulait croire que Nicky avait raison, elle se répéta en silence : Michel va rentrer, Michel va rentrer… Bientôt, ils riraient ensemble de toute cette inquiétude, Michel lui présenterait enfin Claire, Lily avait hâte de mettre une image sur ce prénom. Hâte de connaître cette fille qui lui volait son frère. Elle savait juste qu'elle était blonde, et institutrice, ils avaient eu le concours de l'École normale en même temps. Claire. C'était la première trahison de son frère. La deuxième, c'est quand il était parti faire le soldat. Nicky continuait de parler. Lily entendait sa voix en sourdine, un peu comme une radio qu'on aurait oublié d'éteindre.

— On passe au Balto en sortant ? Ils ont dû recevoir le dernier disque de Johnny Hallyday, il paraît qu'il est terrible. Allez Lily, dis oui ! On n'a pas cours demain, c'est jeudi. Ça te fera du bien, tu as une de ces mines…

Lily a promis. Elle ferait un effort. Elle a repensé aux mots de sa mère, a ébauché un sourire. *Allez, Lily, un sourire. L'élégance de la vie.*

Elles sont arrivées en avance à l'Opéra. Nicole a continué vers la rue Cambon, elle devait récupérer un tailleur chez la couturière de sa mère. Lily avait mal au crâne d'avance à l'idée d'arriver trop tôt et de se retrouver en tête à tête avec Mlle Bellesjambes. De loin, elle a aperçu Mme Piakova qui montait une à une les marches de l'Opéra. L'accompagnatrice claudiquait, sa tresse souple se balançait sur sa nuque. Mme Piakova avait dû être belle, avant l'accident. Les portes se sont fermées sur elle. Lily a contourné l'Opéra par la rue Halévy.

Elle venait dans ce quartier depuis l'âge de neuf ans, elle en connaissait chaque pavé. Depuis encore plus longtemps, tous les jours, elle dansait. Le français, les mathématiques, l'histoire et la géographie, tout le reste, c'était accessoire, juste de quoi passer le certificat d'études. Pas assez pour devenir institutrice, comme Michel, ou médecin. Peut-être aurait-elle été un bon médecin ? Ça lui aurait plu. Elle se demanda combien d'enfants, combien de malades elle aurait pu soigner si elle n'avait pas passé son enfance à danser.

Le vent était frais et doux. Lily a secoué ses cheveux, elle aimait les sentir bouger dans sa nuque. Dans quelques minutes, elle allait se changer, comme tous les jours, et attacher ses cheveux en chignon, haut sur sa nuque, pour que les professeurs puissent bien voir son port de tête. *Le port de tête ! Tout est dans le port de tête mesdemoiselles*, c'est ce que répétait sans arrêt Mlle Bellesjambes.

*

— C'est vrai, ça, qu'est-ce qu'elles devenaient, les filles qui n'avaient appris que la danse ? Serveuses, vendeuses ? Elles savaient même pas compter… T'avais intérêt à être la meilleure si tu voulais pas tomber de haut.
— Lily était dans les meilleures, dès ses premières années à l'Opéra. Elle a travaillé comme une dingue pour ça.
— Mais elle aurait pu se blesser, devenir obèse, ou grandir trop, ou avoir une méga scoliose qui l'empêche d'être une danseuse étoile.
— Oui, elle aurait pu.

*

Au pire, elle pourrait devenir professeur de danse, comme toutes celles qui ne rentreraient pas dans le corps de ballet. Et passer sa vie à crier sur des enfants qui rêvaient du *Lac des Cygnes*, leur demander de lever la jambe plus haut, de se tenir plus droits. On veut danser pour marcher sur les nuages. Mais pour ça, il faut d'abord piétiner sur des braises, jour après jour. Des années de sueur et de larmes pour voler au-dessus de la scène, pour ce moment d'arrêt, une éternité. Et retomber. Un instant seulement, sortir de son corps d'humain, toucher le ciel. C'était tout. Et c'était énorme.

Est-ce que ça valait ces années sacrifiées ? Depuis que Michel était parti, elle n'en était plus si sûre. Presque toutes les filles voulaient devenir danseuses parce que leur mère aurait voulu l'être. Elle, ce n'était pas ça. Elle, c'était pour Michel. Elle se souvenait de ce jour de Noël, tante Élise lui avait offert une poupée en tutu rose épinglée au fond de sa boîte. Lily ne voulait pas ouvrir l'emballage, elle trouvait la poupée belle comme ça, enfermée dans sa cage de cristal. Michel avait arraché le papier pour la lui tendre.

— Une ballerine, c'est ce qu'une femme peut devenir de plus beau… Lily belle, quand tu seras grande, tu seras danseuse !

Elle avait cinq ans. Son père venait de mourir, son frère avait gravé son avenir d'une seule phrase, sans y réfléchir. Après, il avait aimé la regarder danser. Alors elle avait continué à marcher sur les braises.

Une nuit de mai 1961,
dans une casemate au sud d'Alger

Putain de sommeil. Je me tourne, me retourne, rien à faire. Et plus une seule tige. Demain, j'échangerai du tabac à Yassim contre un livre, les poèmes de Rimbaud, ça va lui plaire. Dire qu'en venant ici j'ai pensé au poète, à ses voyages en Afrique… Je racontais à Lily que j'allais devenir le Rimbaud de la pacification, elle me croyait ! C'est à pleurer. Comment leur dire ? Maman. Claire et Lily. Comment leur écrire ça… Le sang. La mort et les violences. Et pire que la mort, la torture.

Alban avait raison, pourquoi je ne l'ai pas cru ? Il était mon meilleur ami à l'École normale, merde, j'aurais dû l'écouter. Pourquoi j'ai douté de lui quand il m'a donné ce livre à lire ? *La Question*. Henri Alleg savait. On savait, tous. Je n'ai pas voulu y croire. Quand Alban m'a dit qu'il partait en Suisse pour ne pas faire son service, je l'ai traité de lâche, de communiste vendu à la solde de je ne sais quel idéal. Moi, je croyais en la République avec un grand « R ». J'étais si sûr de moi… Quel naïf !

Là, c'est plus de la naïveté mon Michel, c'est de la connerie. De la connerie pure et dure. Quand ils m'ont parlé d'un problème électrique, j'aurais dû me méfier. *« Toi, l'intellectuel, qu'il a dit, l'adjudant, viens nous aider à faire marcher la gégène. »* J'ai cru qu'ils voulaient réparer le poste radio. Je suis con. Un sinistre con. La salle était blanche de chaux. Il faisait une chaleur à vomir. Mais le pire, c'était pas la chaleur, c'était l'odeur. L'odeur de la sueur et de la peur mêlées. Ils l'ont amené. Un homme, plutôt vieux, les mains liées dans le dos, déjà tellement amoché. J'aurais dû me révolter, on ne bousille pas un homme comme ça, il y a la Convention de Genève, les prisonniers doivent être traités avec humanité… J'aurais dû.

Pour un peu, j'aurais fait dans mon froc tellement j'étais paniqué. Ils étaient quatre à ricaner autour de lui. Ils le bousculaient, lui demandaient de donner des noms, de dénoncer ses amis, sa famille. Je voyais bien qu'ils s'en foutaient, des noms. Ce qu'ils voulaient, c'était le terroriser. J'ai vomi. L'adjudant m'a tapé dans le dos en m'appelant son petit Leguen. Puis il m'a demandé de remettre la radio en route, ils en avaient besoin. Pendant que je remettais l'appareil en état de marche, un des troufions a branché un fil électrique sur le pouce de l'homme, l'autre bout du fil dans sa bouche. L'adjudant a versé un broc d'eau sur sa tête. L'eau dégoulinait dans les yeux de l'homme, il m'a regardé. Le regard d'un enfant qu'on mène à l'abattoir. J'ai tourné les talons, je suis sorti. Je n'avais pas passé la porte que l'homme s'est mis à hurler.

Depuis, je ne dors plus. Ce cri vrille mon cerveau. Qu'est-ce qu'ils ont fait de moi ? La honte. Elle s'est instillée en moi. Elle coule dans mes veines, elle irrigue mon corps, partout, elle est partout. Je dois me laver, récurer mon cerveau. Voir la mer ! Je veux me regarder dans les yeux transparents de Lily, me baigner dans son innocence. Je veux partir, loin, le plus loin possible de ce cauchemar. Retrouver ma mère. Et Claire, qui m'attend. Est-ce qu'elle me reconnaîtra ? Est-ce qu'elle aimera cet homme que je suis devenu ?

*

— Ça va, Lorie ? Loriane ?

— …

— Le restaurant n'est plus très loin.

— Daddy… On n'est pas dans un jeu vidéo, là. Les mots ne pèsent pas pareil quand on les entend par quelqu'un qui a vécu des choses. Ce grand-oncle Michel, c'est celui qui avait des yeux très bleus qui ne riaient jamais ?

— C'est bien lui. Tu t'en souviens ? Il est mort trop tôt, je l'aimais comme un frère.

Mercredi 13 mai 1961, quartier de l'Opéra

Lily a marché un moment en ressassant tous les avenirs qu'elle n'aurait pas. Elle est revenue à son point de départ, devant l'Opéra. Un sacré monument… Il faisait partie de sa vie depuis si longtemps. Lily ne savait pas si elle l'aimait ou si elle le détestait.

— Liliane ! Lily…

Jacques l'a rattrapée sur les premières marches de l'escalier, il était essoufflé.

— Tu rêves Lily… Ça fait dix minutes que je te suis, tu es vraiment dans la lune, en ce moment.

Jacques était le meilleur danseur du cours, toujours au bon rythme, le bon lancer de jambe, le bon port de tête. Il était beau, il était parfait. Lily le connaissait par cœur. Elle aurait pu le griffer, juste là, en travers du visage. Abîmer la perfection, se défouler. Mais cela n'aurait pas été très *élégant*, comme disait sa mère. Elle a préféré sortir la carte sourire.

— Je ne t'ai pas vu, excuse-moi, je pensais au concours.

— Ah, toi aussi… Moi, j'y pense sans arrêt. J'en rêve la nuit. Je ne sais pas ce que je ferai si je ne suis pas pris.

Lily a souri pour de bon cette fois.

— Tu sais bien que tu seras pris, tu es le meilleur. Et même si tu le ratais, tu ferais comme tout le monde, tu le repasserais l'année prochaine. Ou tu partirais rejoindre Gene Kelly en Amérique.

— Oui. *Pas de Dieux*, tu te souviens…

Les yeux de Jacques se sont mis à briller. Lily aimait bien ce garçon, ils se connaissaient depuis l'enfance. Ils dansaient souvent ensemble tous les deux, il leur était difficile d'avoir des secrets l'un pour l'autre. Lily n'avait pas pu s'empêcher de le provoquer en parlant de Gene Kelly. Depuis que cet Américain était passé à l'Opéra l'année dernière, Jacques ne parlait plus que de comédie musicale.

— Tu sais Lily, j'ai revu *West Side Story* au cinéma, c'est quelque chose…

Lily a abandonné Jacques à ses rêves d'Hollywood. Ils arrivaient en haut des marches, l'Opéra les a avalés sans même un hoquet.

*

Il l'avait manquée. Il ne l'avait pas vue arriver ! Nino avait tout un bazar de tuyauteries à réparer dans les sous-sols, il en avait pour la journée, il ne pourrait pas la voir. Il s'en voulait de ce retard, cet autobus qu'il avait raté. C'était de sa faute, il aurait dû courir plus vite. Il n'avait pas pu. Ses poumons, brûlants dans sa poitrine. Foutus poumons. Par leur faute, il devrait attendre le lendemain pour voir les cheveux blonds de Lily balayer ses épaules quand elle montait les marches de l'Opéra, son moment préféré.

Nino attrapa sa boîte à outils. Dans une autre vie, il aurait pu être musicien, guitariste, il aimait bien la guitare. Oui, dans une autre vie. Pas celle de ce fils d'ouvrier sans qualification ni assurance de gagner de quoi manger tous les jours. Nino aussi était ouvrier, il n'avait gravi qu'un tout petit escalier, qui était immense pour lui, l'escalier de l'Opéra. Et il avait un poste fixe, un luxe aux yeux de son père. Mais Nino ne parlait plus à son père, il ne supportait plus son accent italien, son odeur de pneu et sa façon de faire claquer sa langue quand il appréciait un bon vin. Dès qu'il avait gagné trois sous, Nino avait déserté la bicoque familiale perdue au fond de la banlieue. De toute façon, sa mère ne faisait plus attention à lui depuis longtemps, un amant, sans doute, prenait toute la place dans ses pensées. Sa mère avait toujours aimé aimer… Guitariste. Ou batteur. Les doigts de Nino marquèrent un rythme sur l'acier rouge, il fredonna…

Chaque seconde passée sans toi m'est une douleur,
chaque instant sans ton visage au creux de mes rêves
me scie le cœur…

Mercredi 13 mai, fin d'après-midi, au Balto

Il y avait foule au Balto. Comme toutes les fins d'après-midi, à la sortie des cours, il fallait se battre pour avoir une table. Nicky avait gardé son chignon de danseuse et souligné ses yeux d'un trait de khôl. Elle riait pour rien, elle était toute rose et parlait trop vite. Lily a cherché autour d'elles le garçon qui provoquait cette montée de feu sur ses joues. Elle a trouvé de suite. À deux tables, un groupe de garçons parlait fort en leur lançant des regards pas très discrets. En costume-cravate noir, ils détonnaient dans ce bar d'étudiants plutôt jeans et tee-shirt blanc, façon Elvis Presley. Ils regardaient Nicky et Lily en rigolant. Lily pensa qu'ils ressemblaient à ces marchands d'oiseaux qui venaient dans la boutique de sa mère et lui faisaient du charme pour essayer de lui refourguer des animaux dont elle ne voulait pas. Elle se demanda ce qu'elle faisait là. Heureusement, il y avait la musique. James Brown chantait *Got to cry*, Lily était tout près de pleurer aussi.

— On vous offre un Coca ?

Deux des garçons se sont approchés, ils se sont assis à leur table sans leur demander leur avis. On avait vu mieux question bonne éducation. Cigarette au bec, le moins moche a souri à Nicky en plissant des yeux. Une fine moustache lui donnait des faux airs d'acteurs de cinéma muet.

— On se serait pas déjà vus ? L'Olympia ! Le concert de Bécaud, c'est ça ?

Nicky a bafouillé que peut-être, qu'elle ne se souvenait pas. Lily a pouffé, sa copine mentait, elle n'était jamais allée à un concert de sa vie, ses parents n'auraient pas permis qu'elle traîne dans ces lieux de perdition. Lily a retenu ses remarques, elle voyait bien que Nicky en pinçait pour ce grand dadais trop sûr de lui. C'est vrai qu'à mieux regarder, il avait de beaux yeux, sombres, avec de grands cils.

L'autre garçon, quelconque, sans même des cils de biche pour le sauver, s'est approché de Lily, il puait la bière.

— Moi, je suis sûr de ne t'avoir jamais vue, je m'en souviendrais…

Il était moche, mais sa voix était grave. Douce. Lily a ravalé un hoquet. Quand elle était petite, Michel lui lisait des histoires. Elle aimait le son de sa voix, le soir, avant de s'endormir. *People, let me cry, cry, cry… I'd feel a little bit better if I cry, cry, cry…*

Lily s'est levée comme un ressort, elle a sorti de l'argent pour payer son diabolo. Nicky lui a fait les gros yeux. Lily comprenait bien que son amie voulait rester un peu, mais elle en avait assez. Le dadais aux yeux ourlés a attrapé son poignet, il jouait les grands seigneurs, pas question de laisser payer des filles. Lily n'était pas dupe, ce genre de garçon invitait les filles pour mieux les sauter : un soda, un diabolo menthe, et l'affaire était faite. Ça lui donnait envie de vomir. Elle a libéré sa main sans répondre et posé la monnaie sur la table, les joues plus chaudes qu'elle n'aurait voulu.

— Tu restes là, Nicky ?

Nicky a maugréé que non, qu'il fallait qu'elle rentre aussi. Lily savait bien qu'elle n'allait pas rester seule. C'est là que son amie lui a planté un couteau dans le dos :

— Faut l'excuser, son frère est en Algérie et elle n'a plus de nouvelles alors…

Lily l'a fusillée du regard, elle s'est tue. Les deux garçons ont souri d'un air entendu. Le dadais leur a donné rendez-vous après le dîner, même endroit. Si les filles voulaient, ils les emmèneraient au cinéma, ô certainement pas voir un navet genre *À bout de souffle*, mais un western avec Bronson, ou Gary Cooper, ça, c'était du cinéma, pas des films de mauviettes.

Justement, Lily, c'est *À bout de souffle* qu'elle avait envie de voir. Ou plutôt de revoir. Elle avait déjà vu Belmondo se fermer lui-même les yeux et mourir couché sur l'asphalte. Elle avait pleuré. *C'est dégueulasse*.

Un soir de mai 1961, dans la chambrée

— Non Yassim, ne me dis pas que Dieu est grand, qu'il fait ce qui doit être. La torture, c'est dégueulasse, les femmes et les enfants qu'on chasse, les villages qu'on incendie, c'est dégueulasse, et les fellaghas qui se torturent entre eux pour chercher des traîtres, aussi. Comment ton Allah peut justifier l'horreur ?

— La honte est sur l'homme, Michel, pas sur Allah. Tu as du feu ?

Yassim me regarde et j'ai envie de chialer, comme un môme. Je lui tends la flamme de mon briquet, il aspire sur sa cigarette, le feu brille dans ses prunelles plus sombres que la nuit. Ce mec est d'ici, il est né de cette terre, dans un de ces villages qu'on incendie pour être sûr qu'aucun rebelle ne puisse s'y réfugier. Ses ancêtres élevaient des moutons sur ces terres trop sèches, les Français sont arrivés, ils ont mis des barrières autour des terres, ils ont dit : « Ici et ici c'est chez moi, cultivez pour moi ». De la vigne a poussé, et des fruitiers. Les Français ont planté des écoles, des mairies, et les grands-parents de Yassim se sont retrouvés Français. Et des Français venus de métropole se sont enracinés ici, leurs enfants y sont nés. Et maintenant…

— Ne me cache pas tes larmes, Michel. Un homme qui pleure, c'est peut-être ce qui reste de plus beau dans ce désordre.

— Ce désordre ? Putain Yassim, tu ne vois pas qu'on a foutu un merdier indémerdable ici ! Ces gens qui se battent, ils sont humiliés, trahis, de tous les côtés, tu crois qu'ils se réconcilieront un jour ? Comment veux-tu ? C'est impossible.

— On trouvera, Michel, on trouvera. On est bien amis, nous deux…

Mercredi 13 mai, dîner chez Lily

Au dîner, Lily s'est assise sans un mot. Sa mère a jeté plus qu'elle ne l'a posé un gratin de coquillettes sur la table. Il a miraculeusement atterri sans encombre sur le dessous-de-plat.

— Tu manges, Lily. Pas d'explication, pas de plainte. Tu manges et c'est tout.

Mme Leguen a lâché deux énormes cuillerées dans l'assiette de sa fille. Lily a fixé le gras du fromage, il tressautait sur les nouilles, pauvres coquillages qui se recroquevillaient en vain. Elle a planté sa fourchette et a commencé à dessiner sur le gratin, une tour, un dôme… un projet architectural digne de Brazzaville.

— Tu manges, Lily !

Bouchée après bouchée, sans un mot, elle a avalé le gratin.

— Ton cousin a téléphoné, il vient déjeuner dimanche. Il est très content, *Lola* a du succès et l'équipe de tournage a été contente de lui, il va travailler sur un nouveau film, à Paris cette fois. Un film réalisé par une femme, tu te rends compte ? Il a des tas de choses à te raconter.

*

— Le cousin, c'est toi, daddy ?

— Oui Lor', c'est moi. Oh pas ce vieux grand-père qui t'emmène au restaurant une fois par mois et t'agace quand il ne connaît pas les derniers people à la mode, mais un jeune de dix-neuf ans plutôt bien fait de sa personne.
— Tu veux dire que tu étais canon ?
— Oui, on peut le dire comme ça, j'étais *canon*…

*

— Philippe vient seul ?
— Non, il y aura ton oncle et ta tante aussi. Ils ont pris tout le week-end de Pentecôte, imagine-toi, ils se sont fait remplacer à l'hôtel. Élise est fatiguée avec cet hiver qui n'en finit pas. J'espère qu'elle ne couve rien de grave. Il y a longtemps qu'on ne les a pas vus.
— Oui. Depuis le départ de…

Sa mère ne l'a pas laissé finir sa phrase, elle s'est levée et a fait claquer sa serviette sur la table. Elle a pris le saladier sur le frigo, a mélangé les feuilles luisantes d'huile à grands coups de spatules.
— Finis ton assiette. Si je faisais une blanquette, ça te dit ? Une blanquette et une tarte à l'orange. Roger adore la tarte à l'orange. Quand il était petit, il échangeait ma part contre cinq billes, des agates, c'était mes préférées.

La mère de Lily s'est enfoncée dans ses souvenirs. Au fur et à mesure qu'elle plongeait dans le passé, le calme revenait sur ses traits, déplissant son front, agrandissant les yeux.

— Un jour, pour son anniversaire, je lui avais fait un cake aux fruits, j'avais trouvé malin de glisser une agate dans la pâte, comme une fève dans la galette… C'est papa, ton grand-père, qui a croqué dans la bille, à pleines dents, j'entends encore son *merde !* résonner. J'ai pris la gifle de ma vie…

*

On oublie toujours que les parents ont été des enfants, qu'ils ont fait des bêtises. La mère de Lily avait grandi avec un frère, qui allait devenir mon père. Un frère qui n'était jamais parti, lui. Enfin si, à quelques heures de route de Paris. Mon père voulait voir la mer. Il était allé vivre à Nantes avec ma mère, la *tante Élise* de Lily. Ils avaient acheté un café en face du port, puis l'appartement au-dessus du café, qu'ils avaient transformé en hôtel pas cher. Mon père aurait voulu que je reprenne l'affaire, mais je rêvais en *technicolor*, je ne pensais qu'au cinéma. Depuis mon enfance, je fabriquais des décors, je les peuplais de silhouettes en carton et j'inventais des histoires avec. Mais tout ça je te l'ai déjà raconté cent fois, Lorie… Pour Lily, je n'étais pas Michel, bien sûr, j'avais presque deux ans de moins que lui, mais elle m'aimait bien. D'ailleurs, j'étais son seul cousin. Les autres, la famille du côté de son père, vivaient plus loin encore, tout au bout de la Bretagne. On ne les voyait jamais. Lily se demandait parfois pourquoi, puis elle oubliait.

*

— Tu n'en veux vraiment plus ? Bon, ça va, je ne vais pas te forcer. Prends un fruit si tu ne finis pas ton gratin.

*

La scène devait être parfaite. Nino cloutait des morceaux de feutre sur l'intérieur de boiseries abîmées. Il avait un mois pour tout préparer. Il ne fallait pas qu'elle s'écorche, il ne fallait pas qu'elle trébuche. Elle aurait son concours. Elle les aurait tous. Elle serait l'étoile la plus brillante du ballet. Elle resterait à Paris, elle n'irait pas danser à New-York, Tokyo ou Moscou. De toute façon, si elle partait, il la suivrait. Il pourrait se rendre indispensable, être le seul à savoir régler les décors autour d'elle. Le seul à lui construire un écrin toujours plus beau. Il pourrait devenir son ombre. Pas sûr qu'elle l'aimerait, elle le supporterait. Peut-être même elle l'estimerait. Non, c'était impossible. Bien sûr qu'elle l'aimerait ! Elle l'aimerait plus que tout au monde, quand elle comprendrait à quel point lui l'aimait. L'amour, c'est forcément un miroir, l'un voit dans l'autre tout ce qu'il aime. Ils vieilliraient ensemble. Non ! Le marteau partit tout seul, Nino venait de se taper sur un doigt, le pouce, celui qui tient, celui qui donne la force à la main. Il retint les larmes que la douleur fit aussitôt monter en lui. Non, une étoile, ça ne vieillit pas. Une étoile, c'est comme l'amour, éternel.

Il avait un mois pour tout vérifier, chaque boulon, chaque rouage. Pas sûr qu'il serait à la hauteur, il y avait tant à faire. S'assurer que le plancher était bien ciré, pas trop, ni trop peu. Pas une écharde pour écorcher les chaussons de Lily. Pas un clignotement de lampe dans la loge des danseuses, des miroirs purs comme des lacs de montagne. Et les autres employés de l'Opéra ne comptaient pas, lui seul savait l'importance de chaque détail pour un être qui est la perfection même. Un peu de sang coula de l'ongle abîmé, fit une tache sur le parquet. Nino l'essuya de sa manche. Il reprit son marteau, il devait finir au moins cette pièce-là aujourd'hui.

Mercredi 13 mai, soirée à la fête foraine

Lily ne voulait pas y aller, Nicky avait insisté. Après le gratin, quand Lily avait demandé à sa mère la permission de sortir, Mme Leguen avait pris sa voix enjouée de vendeuse de canaris pour lui répondre que ce n'était pas en restant cloîtrée à la maison qu'elle ferait revenir Michel, que la danse n'était pas tout dans la vie, et puis le jeudi il n'y avait pas cours, pour une fois, Lily pouvait en profiter, mais qu'elle fasse attention, qu'elle ne s'approche pas de groupes ou de choses suspectes…

Elle qui surveillait sa fille comme le lait sur le feu avant le départ de son fils, voilà qu'elle la poussait dehors, bizarrerie de mère.

*

— C'est comme maman ! Quand je veux vraiment un truc, elle dit non, genre quand j'ai voulu aller à un concert à Amsterdam. Après je suis triste, je fais la gueule, alors elle me donne autre chose, un flacon de parfum que je voulais trois mois avant, et dont je n'ai plus envie. Les mères ne comprennent rien…

— Ne sois pas si dure, Lor', les mères font ce qu'elles peuvent, comme elles le sentent, les pères aussi. Et si Lily n'était pas sortie ce soir-là, elle n'aurait sans doute jamais revu ces garçons qui avaient mauvais genre. L'engueulade de Mlle Bellesjambes aurait suffi à la remettre dans le droit chemin de la parfaite apprentie ballerine. Mais elle est allée au Balto.

*

Le café était enfumé, on n'y voyait pas à deux mètres. Les garçons, eux, ont vu arriver les filles, ils les attendaient. Ils étaient là, tous les deux, le garçon aux yeux ourlés et celui à la voix grave. Ils avaient abandonné leur bande et troqué leurs vestes de costume contre un blouson de cuir, façon jumeaux. Ils s'étaient aussi aspergés d'eau de toilette, nausée garantie.

— On vous emmène ? Ils passent un Bronson au Louxor.

— Si on allait plutôt tirer à la fête foraine ?

La question était sortie de la bouche de Lily sans même qu'elle y pense. La voix grave de ce garçon le lui rendait proche, elle avait l'impression idiote de le connaître depuis toujours. Et envie de le suivre. Elle a pris la main de Nicky et l'a serrée dans la sienne.

— Tu ne trouves pas, Nicky ? La fête foraine, c'est une idée !

Nicky l'a prise à part, elle a sifflé dans ses oreilles.

— Tu es folle ! C'est loin, on ne sait pas ce qui peut nous arriver là-bas.

— Tu veux t'amuser ou pas ? Pour une fois que je suis partante, tu devrais être contente.

Lily a reboutonné son manteau, rajusté sa ceinture. Elle était prête.

— On y va ?

Le garçon à la voix grave lui a ouvert la porte, il a souri de toutes ses dents. Dommage pour lui, elles se chevauchaient, pas une d'alignée sur l'autre, à se demander comment il faisait pour mordre dans son steak.

— Pourquoi tu ris ?

— Pour rien. Je m'appelle Lily, et toi ?

— Pierre-Luc. Ne rigole pas, mes parents sont très cathos, un seul saint, ça leur suffisait pas.

Pierre-Luc… Heureusement qu'il avait la voix grave et douce, sans ça, vraiment, rien ne pourrait plaire à Lily chez ce garçon.

Nicky l'intrépide a défailli à la vue des motos. Elle s'est écriée qu'elles n'allaient pas monter là-dessus, qu'elles pourraient avoir un accident, se blesser, et qu'elles ne pouvaient pas se le permettre, vu qu'elles passaient le concours de l'Opéra dans moins d'un mois.

Lily lui a soufflé dans le cou :

— Quelle idiote tu fais ! Maintenant, ils savent qu'on est à l'Opéra, ils vont être trop contents d'avoir levé des danseuses…

Nicky ne voyait pas pourquoi elle aurait mieux fait de se taire. Après tout, elle en bavait assez avec la danse, autant en profiter si ça pouvait peut-être lui servir pour séduire les garçons.

Lily a grimpé sur l'engin de Pierre-Luc en tenant sa jupe collée sur ses cuisses. Ils ont démarré. Nicky hurlait derrière eux, un cri à mi-chemin entre la terreur et l'excitation. Lily souriait. Elle se laissait aller dans le vent qui prenait son corps tout entier. Elle essayait d'oublier l'odeur de parfum âcre, le cuir sous ses doigts qui n'était pas le tissu de laine du blouson de Michel… Elle ferma les yeux.

Ils roulaient sur les boulevards. Pierre-Luc slalomait entre les voitures. Les cheveux de Lily fouettaient son visage. Avec la vitesse, ils devaient crier pour s'entendre. Pierre-Luc en rajoutait, il demandait à Lily de suivre son mouvement, il se penchait dans les virages jusqu'à toucher le bitume. Le cœur de Lily était au bord de l'explosion, et elle aimait ça.

Elle est descendue de la moto, ses jambes tremblaient tellement qu'elle avait du mal à rester debout. Pierre-Luc l'a retenue par le bras.

— Pour une danseuse, t'as pas le pied marin !

Il l'a tirée vers lui, elle l'a repoussé. Le vertige de la vitesse passé, elle s'est demandé comment elle avait pu avoir une idée aussi stupide, aller dans une fête foraine avec des garçons qu'elles ne connaissaient pas. Elle avait toujours aimé les lumières des guirlandes, les odeurs de sucre et les sensations sur les manèges. Michel l'emmenait à la fête foraine une ou deux fois par an, il lui payait un tour d'auto-tamponneuses et une pomme d'amour. Mais la dernière fois qu'elle lui avait demandé de l'emmener, il lui avait répondu qu'il y allait avec une autre, Claire. C'était la première fois qu'il lui avait parlé d'elle.

— Lily, tu planes ! Accélère, on va prendre des tickets pour les montagnes russes !

Nicky s'était remise de ses émotions, elle était tout excitée. Son Dan lui avait pris la main, il la mangeait des yeux, se collait à elle dès qu'il le pouvait. Si la mère de Nicky voyait sa fille roucouler comme ça… Lily était dégoûtée.

Monter descendre. Le manège l'ennuyait. Lily avait grandi, la magie ne prenait plus, elle aurait voulu être ailleurs, n'importe où, loin. Dan était vraiment lourd à faire la glu avec Nicky comme ça. Lily se demanda si Nicky comprenait bien où Dan voulait en venir, mais sa copine n'était pas stupide, elle devait bien s'en douter. Lily devait être trop romantique, ou vieux jeu, elle trouvait tout ça un peu rapide.

Pierre-Luc était moins rustre, mais sorti de sa moto, il n'avait pas une conversation renversante. Les bières que les garçons buvaient à la bouteille n'arrangeaient rien. Ils insistaient pour que les filles en prennent aussi. Quand on danse, on ne boit pas, c'était la règle numéro un à l'Opéra. Des filles qui ne buvaient pas du tout d'alcool, les garçons n'en croyaient pas leurs oreilles. Ils les charriaient. Ils ont acheté une bouteille pour chacune, les ont provoquées : elles n'étaient pas cap… Nicky a attrapé la bière par le goulot et pris une large gorgée, Lily a haussé les épaules. Mais Nicky lui a tendu la bouteille dans un grand rire :

— Si Miss Bellesjambes nous voyait, elle ferait une de ces têtes… Allez, goûte, c'est pas mauvais.

Lily a fini par avaler une gorgée de bière tiède, puis deux.

Devant le stand de tir, les deux garçons étaient comme chez eux. Ils riaient fort. Dan ne ratait aucune cible.

— Et un bougnoul de moins, un !

Le corps de Lily s'est figé. Elle a dégluti, sa salive était amère de bière.

Pierre-Luc a explosé de rire, il lui a tendu la carabine :

— Vas-y, imagine que la cible est une face de bougnoul, c'est inratable.

Lily n'a pas bougé.

— Ça ne m'amuse pas.

Nicky a insisté, elle a pris l'arme et la lui a tendue.

— Allez… C'est toi qui as voulu venir ici tirer à la carabine ! Et c'est bien à cause des bicots que ton frère risque sa vie là-bas.

Pierre-Luc en a rajouté :

— Si c'est un mec bien, comme nous, il a soutenu les généraux putschistes, les autres doivent lui en faire baver maintenant, pas étonnant qu'il ne donne plus de nouvelles. Vas-y, venge-le, tire.

Lily a détourné la tête, elle ne voulait pas qu'ils voient sa détresse. Elle ne comprenait pas pourquoi son frère aurait été mêlé à cette histoire de putsch, il n'était même pas à Alger. Dan s'est approché d'elle, il l'a coincée contre le bord du stand.

— Mademoiselle fait sa chochotte… Peut-être qu'elle préfère les bronzés aux bons Français ? Dix-huit mois dans les paras, ça te dit quelque chose, la mijaurée ? J'en ai vu, des fellaghas pendus par les pieds, les couilles nouées, si je te racontais…

Pierre-Luc a fait signe à son copain de la fermer. Une montée de salive âcre, acide, a envahi Lily. Nicky s'est glissée entre Dan et Lily.

— Laisse-la, elle est toute pâle ! Donne-moi la carabine, moi j'aime bien tirer.

Lily s'est éloignée pour respirer, avoir de l'air, loin d'eux. Dan la regardait, elle le sentait. Elle avait besoin de réfléchir. Dan était saoul, il racontait n'importe quoi. Et c'est vrai, qu'est-ce que ça pouvait lui faire qu'on traite les Algériens de bougnouls ou de bicots ? Lily ne les connaissait pas, sauf Monsieur Taleb qui était cordonnier pas loin de la boutique de sa mère. Mais lui, ce n'était pas pareil, il était là depuis longtemps, il avait modelé tous les chaussons de Lily, depuis son enfance. Ce n'était pas à cause de lui que Michel devait faire la guerre. Alors, à cause de qui ? Des Arabes qui ne voulaient plus des Français sur leurs terres ? Des Français qui ne voulaient pas leur laisser les terres où ils étaient nés ? Et pourquoi Dan avait parlé des putschistes comme *des mecs bien* ? Bien pour qui ? Pourquoi ? Les guirlandes devenaient floues, sa tête tournait. Lily entendait le rire de Nicky, la voix de Dan qui montait dans les aigus au fur et à mesure qu'il réussissait ses tirs et buvait plus de bière.

Pierre-Luc est revenu vers elle.

— Ça va pas mieux ? Je vais te ramener chez toi.

— Je ne peux pas laisser Nicky seule, on va prendre un taxi.

Il a regardé Nicky. Dan l'enlaçait et lui montrait comment viser.

— J'ai pas l'impression qu'elle ait l'intention de rentrer tout de suite.

Lily s'est tournée vers le couple. Ils avaient l'air heureux. Pourquoi est-ce que ça la dérangeait autant ? Est-ce que c'était ça, le bonheur, viser ensemble dans la même direction ? Lily délirait, elle se voyait perdre pied. Mais est-ce qu'elle avait le droit de laisser sa copine aller là où elle ne voulait sans doute pas vraiment aller ? Nicky avait bu, beaucoup plus que Lily, elle était une proie facile pour Dan. Il voulait coucher avec elle, c'est sûr. Coucher, c'est un risque sur combien de tomber enceinte ? Lily se rendait compte qu'elle ne savait pas grand-chose des histoires de l'amour, et des femmes et des hommes. Enceinte… Nicky devrait l'avouer à ses parents, elle ne pourrait plus danser. Pendant combien de temps ? Assez pour arrêter net sa carrière, avant même qu'elle ait commencé. Enceinte. Plus de danseuse qui tienne. L'horreur.

— Nicky ! Nicky, viens, on rentre.

Dans le taxi, Nicky s'est collée à la portière, loin, très loin de son amie. Des hoquets de pensées assaillaient le cerveau de Lily. Qu'est-ce que ça voulait dire *aimer* ? Est-ce que Nicky aimait Dan quand elle se serrait contre lui ? Ou est-ce qu'elle se serrait contre lui pour ne pas voir qu'on mourait toujours tout seul ? Est-ce que Lily aimerait un jour un homme autant que son frère ? Est-ce qu'elle se sentirait un jour aussi proche, aussi confiante avec quelqu'un d'autre ? Se laisser aller, pencher sa tête sur l'épaule de Michel… Il était dans sa chambre, avec d'autres soldats. Est-ce qu'il pensait à elle ? Ou à Claire ? *Quand papa est mort, Michel, tu m'as promis de ne jamais me laisser seule. Ce soir, tu vois, je suis seule dans ce taxi. Trop seule, assise à côté de Nicky, qui me fait la tête et fixe la nuit à travers la vitre. Je me suis sentie seule toute la soirée, sauf ces moments où je me suis laissé bercer par la voix de ce garçon que je ne connais pas. Un garçon qui pourrait être gentil, mais qui n'est pas toi, Michel. Michel, reviens-moi…*

Mi-mai 1961, une nuit dans un champ d'oliviers

— Michel ! Reviens ! Qu'est-ce que tu fous ?

— Casse-toi Yassim, laisse-moi, ne te mêle pas de ça !

Fous… ils sont fous. Tirer ? Sur ce gamin ? Il a l'âge de Lily, peut-être moins. Ils sont fous. Tarés, azimutés. La guerre rend fou. Faut que j'me tire. Qu'est-ce qu'il a fait, ce gosse ? Putain, j'ai un point de côté, ça y est. M'ont toujours dit à l'école que je devrais faire plus de gym. Mon point faible, le point de côté. Ils ont parlé de corvée de bois. J'étais content. J'imaginais la forêt, les odeurs d'écorces, la terre humide sous mes pieds. Ah ah… non, ne ris pas, Michel, ne ris pas, tu ne peux déjà plus respirer. Les champignons, les elfes et les lutins aussi tant que tu y es… Ah, ah… Des salves. Derrière moi. Vont pas me tirer comme un lapin ? Et pourquoi ils le feraient pas ? Parce que je suis Français de France et pas Français basané ? Pourquoi. Pour…

— Aïe, putain, lâche-moi… mais lâche-moi, Mansard, tu vois bien, c'est moi, Leguen. T'es dans ma chambrée, on dort ensemble depuis des semaines, tu vas pas…

— Chef, on a Leguen, mais le bougnoul s'est échappé. Qu'est-ce qu'on fait, chef ?

— Bougnoul… chef… t'es qu'un pauvre con, Mansard. T'as vingt ans et t'es un vieux con mort dans ta tête et tu le sais pas.

— Laissez tomber le melon, il ira pas bien loin, toute la zone est sous contrôle.

— Alors, tu fais moins le malin, hein, Leguen. Tu dis rien ? Elles sont passées où, tes belles phrases de prof ?

— Ricane, Mansard, ricane. Aïe, putain fais chier, me serre pas les poignets comme ça…

— Je vais me gêner… Refus de tirer sur l'ennemi, tu sais combien ça va te coûter ? Non ? Moi non plus, mais beaucoup, c'est sûr. On a encore la chaise électrique… Tenez, chef, il est menotté.

— Soldat Leguen, vous êtes aux arrêts.

*

Nino était chez lui. Seul. Son cœur battait au ralenti.

— Loin de mes toits, je ne suis plus moi. Qu'est-ce que j'ai fait ?

Il attrapa l'animal par le bout des pattes, le ramena vers lui.

— Viens, le chat, là, doucement. Tu aimes bien ça, le lait. Bois, oui, comme ça. Tu as eu peur. Moi aussi. Je ne voulais pas, tu as glissé. Je te dis toujours de ne pas grimper sur cette fenêtre, qu'un jour tu vas tomber. Je n'ai pas su te rattraper. Je t'ai poussé ? Qui a dit que je t'avais poussé ? Je suis si seul.

Nino avait recommencé à fumer. Oh, pas beaucoup, pas de tabac, juste une pipe d'opium, le soir, pour calmer cette douleur dans ses poumons.

Il caressait le chat. Ses doigts massaient une à une les vertèbres de l'animal.

— Quand je t'ai récupéré sur les toits de l'Opéra, tu ne pesais pas

bien lourd, tu te souviens ? Ta mère t'avait abandonné sans doute. Un peu comme la mienne, qui m'a jamais tellement aimé non plus. Plus de lait. Ce jour-là aussi tu as essayé de me griffer. Tu avais de si beaux yeux, entre le mauve et le gris. Ou vert. Comme elle, comme ma Lily. Je t'ai amené ici, et tu as grandi. Oui, c'est ça, lèche-toi les pattes, fais-toi beau. Tu ronronnes, tu vois, ce n'était rien. Une chute de rien de tout. C'est fini, tout va bien maintenant. Je suis sûr que Lily t'aimera, quand elle sera là, quand elle vivra ici. Ma Lily.

Nino posa le chat par terre. Il sema des bouts de viande racornis sur le couvercle du poêle. La viande se mit à griller, trop vite. Les yeux agrandis par la faim, le corps aux aguets, le chat n'osait pas sauter sur la plaque brûlante.

— Attends, attends un peu… Le plaisir, il faut savoir l'attendre, le déguster avant qu'il soit là. Prendre son temps.

Vendredi 15 mai 1961, Opéra, sur les toits

— Tu vas m'en vouloir longtemps ?

Nicky se taisait. Lily a serré son lacet trop fort, il a cassé. Elle n'en pouvait plus. Elle avait la sensation de faire des efforts démesurés, de payer pour une faute qui n'était pas la sienne. Après tout, elle avait sauvé sa copine d'un avenir pourri. Elle tira sur les bords de son justaucorps, vérifia qu'on ne voyait pas son tatouage. Nicky boudait, et c'était elle, Lily, qui allait encore tenir le rôle de rabat-joie. Elle avait passé son jeudi à appeler Nicky pour qu'elles en parlent, entre copines, on se dit tout... Mais Nicky n'avait pas répondu. Un jeudi foutu.

— Lily, Nicole, dépêchez-vous, venez !

Jacques était tout excité, Lily l'avait rarement vu comme ça.

— J'ai trouvé... jurez-moi, c'est un secret.

Trop curieuse pour faire la tête plus longtemps, Nicky a juré. Lily aussi. Elles ont suivi Jacques. Ils couraient dans les couloirs sans toucher le sol du bout rigide de leurs chaussons pour ne pas faire de bruit. Jacques les a entraînées jusqu'à une porte de service, il l'a poussée.

— Je l'ai trouvée ouverte ce matin. Venez, de là-haut, on peut voir une répétition, du jamais vu...

Gene Kelly était revenu ? Ce serait donc ça, cette façon qu'avait Jacques de faire vibrer l'air autour de lui ? Cette fois, Lily en était sûre : Jacques était amoureux de Gene

Kelly. Depuis que cet américain était venu à l'Opéra, Jacques n'était plus le même. Il parlait sans arrêt de ce chorégraphe qui *chantait sous la pluie* et dès que les professeurs les laissaient seuls, il répétait des pas de comédie musicale. Ils ont grimpé quelques marches, les chaussons en canard. Ils se sont retrouvés sur le toit, un vent gelé les a cueillis, mais Jacques a entraîné les filles à l'abri dans les pieds des statues géantes. Il leur a montré un vasistas un peu plus loin.

— Il donne sur la salle de répétition, c'est extra ! Venez.

— Sur le zinc, avec nos pointes ? T'es drôle…

Nicky avait raison, ils n'étaient pas chaussés pour faire de l'escalade sur le toit. Jacques leur a tendu les bras. Lily a attrapé sa main, elle ne savait pas encore que ce qu'elle s'apprêtait à voir allait changer sa vie.

— Arrimez-vous à moi, je vous tiens.

Et les voilà, deux filles aux pieds palmés accrochées à un garçon en chaussons, à marcher, un, deux, trois pas de chat sur un toit glacé, Paris à leurs pieds, la tête dans les nuages et un délicieux air d'interdit qui faisait battre leur cœur un peu plus fort qu'il n'aurait dû : ses bras grands ouverts, Jacques était Peter Pan, il leur ouvrait les portes de l'aventure.

— Je vous présente… Monsieur Maurice Béjart.

Ce n'était pas Gene Kelly. Ils se sont accroupis pour assister à ce qui était secret, les répétitions, les coulisses, la magie du spectacle.

Nicky, qui savait toujours tout sur tout, soufflait dans ses mains pour les réchauffer et pensa à voix haute :

— Qu'est-ce qu'il fait là ? Il n'est pas parti monter son ballet à Bruxelles ?

Jacques l'a fait taire de la main, le moment était précieux.

Ils ont regardé le chorégraphe montrer un pas de deux à la danseuse étoile de l'Opéra. Claude Bessy était belle, légère. Vue des toits, ils avaient l'impression que ses doigts touchaient le ciel. Elle a refait son mouvement une fois, deux fois, elle s'est arrêtée, a ri avec Monsieur Béjart. Lily s'est surprise à rêver : est-ce qu'elle serait là, un jour, elle aussi ?

— Dommage, on n'entend pas la musique.

— Tu te rappelles, le ballet de Gene Kelly ? Du jazz, vous vous rendez compte, les filles ? Il a fait jouer du jazz à l'opéra ! Ce n'est pas Mme Piakova qui aurait pu jouer ça…

Jacques et Nicky chuchotaient. Ils parlaient de musique, des comédies chantées et des films de Hollywood. Lily était ailleurs. Elle regardait les danseurs, leur façon de marcher, de glisser. Ils étaient beaucoup moins droits, moins raides que ce que Mlle Bellesjambes demandait. Lily comptait les pas dans sa tête *Et une et deux et…* Le rythme était différent, les attitudes aussi. Pas de port de nuque rigide, Claude Bessy glissait et se laissait tomber comme une fleur coupée dans les bras d'un danseur. Maurice Béjart les regardait, ses yeux étaient presque transparents, on aurait dit qu'ils transperçaient le corps des danseurs. Ces mouvements… De l'eau qui coulait, une vague, le soleil qui scintillait sur les feuilles, ça vibrait. Les orteils de Lily bougeaient, le bout de ses chaussons frappait le zinc. Les danseurs sautaient en l'air, une myriade de corps tournoyait. Lily les voyait à travers des larmes. Elle en oubliait l'absence de Michel, elle voulait danser, ne faire qu'un avec les danseurs, là, sous elle. Un des danseurs s'est approché du vasistas, Jacques et les filles se sont éloignés pour ne pas être vus. Ils ont quitté le toit et sont rentrés. Lily a eu l'impression d'être plongée d'un coup dans de l'eau glacée.

*

— C'est ici. Le meilleur restaurant indien que je connaisse, plus de vingt ans que j'y viens.

— Ils ont du *cheese nan* ?

— Oui, et du *paratha*, et du curry aux lentilles…

— Maurice Béjart, c'est pas celui qui a inventé le boléro, cette danse avec tout le monde autour d'une table et un danseur dessus ?

— Il n'a pas inventé le boléro, mais il a créé une chorégraphie sur une musique de Ravel qui s'appelle « Le Boléro ». Il a changé l'image de la danse en France, on regardera sur le net si tu veux. Alors, *cheese nan* ou *paratha* ? Pendant que Lily découvrait la danse selon Béjart, Nino préparait le décor du drame…

*

S'il accrochait ce cintre à jardin, il y aurait moins de poids sur le décor de la forêt des elfes. Mais en mettant le panneau du château complètement à cour, il risquait de le faire basculer, et il pourrait coincer la mise en place des paysages de montagne. Des gouttes de sueur coulaient sur ses ailes de nez. Nino sentait ses poumons lourds du manque d'air, mais il devait finir de tout ranger. Il avait décidé de la suivre. Ce soir, après les cours. Il la suivrait, il lui parlerait. C'était pourtant simple. Encore un effort, qu'est-ce que ces décors étaient lourds… il n'aurait pas dû faire ça tout seul. S'il se blessait, il aurait l'air malin ! Ce serait un autre qui s'assurerait que tout se passerait bien pendant le concours. Allez, encore un effort, il y était presque…

Vendredi 15 mai, après les cours, Palais-Royal

Lily marchait plus vite que sa rage. Le cours s'était mal passé. Elle avait raté tous ses enchaînements, Mlle Bellesjambes avait hurlé. Les épaules rentrées dans le cou, Lily se dit que ce mois de mai était décidément trop froid, elle était glacée. Elles avaient discuté, mais Nicky lui en voulait encore de l'avoir éloignée de Dan à la fête foraine. Nicky avait fini par lui lâcher qu'elle s'en fichait, elle avait rendez-vous avec lui le lendemain. Elle irait seule, sans Lily.

Nicky l'abandonnait. Lily ratait ses enchaînements, et elle pensait sans cesse à ce moment de grâce derrière le vasistas. La sensation d'avoir été envahie par la répétition de Béjart, cette façon de danser, à qui en parler si Nicole la lâchait ? Jacques habitait de l'autre côté de Paris, ils ne se voyaient jamais en dehors de l'Opéra. Si Michel était là… lui l'aurait comprise.

Un type la suivait. Elle l'avait déjà repéré deux rues avant. Sa tête lui disait quelque chose, où est-ce qu'elle l'avait vu ? Qu'est-ce qu'il lui voulait ? Il ressemblait à un Arabe. Lily s'en voulut d'être aussi crétine, il y avait des milliers d'Arabes à Paris, quoi de plus normal que d'en croiser ? Mais celui-là avait vraiment l'air de la suivre. Encore un dragueur ? Tous les hommes en bleu de travail n'étaient pas forcément Arabes. Elle devenait folle… C'était le chagrin, il la rongeait. Sa mère avait raison, il fallait qu'elle sorte, qu'elle rencontre des jeunes de son âge. Revoir Pierre-Luc ? Après tout, il était plutôt gentil. Et il avait une belle voix.

Encore un barrage de police… Depuis quelque temps, il y en avait sans arrêt dans ce quartier. Avec le Palais-Royal, le Ministère de la Culture, ils avaient peur que ça saute. Lily n'avait pas envie de passer devant les policiers, il suffisait de contourner le barrage, prendre les petites rues.

Moulinex et son robot ménager libèrent la femme… Paris souffre de trop de pigeons… Les cendres du Maréchal Lyauthey aux Invalides… Sophia Loren et Alain Delon acclamés au festival de Cannes…

Le vendeur de journaux sourit à Lily, elle l'ignora.

Vendredi 15 mai 1961, chez Lily, quai de la Mégisserie

En rentrant, Lily a trouvé Mme Simonot devant la porte de l'oisellerie. Mme Simonot habitait deux immeubles plus loin, elle était leur créchière. Quand ils étaient petits, elle les gardait, Michel et elle. Elle leur parlait des loups qui mangent parfois les enfants, elle leur racontait des histoires de hiboux cloués aux portes des sorciers, de vieilles légendes rapportées de la campagne où elle avait grandi. Elle dépannait encore leur mère de temps en temps, surtout pour le repassage, Mme Simonot savait comme personne lisser les draps pour en faire des piles parfaites. Elle était là, dans la cuisine, à remuer de droite à gauche son long cou de femme maigre. Elle était venue repasser un peu de linge, elle savait que Mme Leguen était un peu triste avec cette guerre et le départ de Michel, on le serait à moins, et elle avait trouvé un gendarme, oh pas un vilain bougre, il ne voulait sans doute pas, mais le boulot c'était le boulot… Lily ne comprenait pas un mot à ce que racontait la vieille femme. Elle avait seulement retenu le mot « gendarme », qui sonnait comme «drame». Gendarme, ça signifiait « Michel est mort ».

Lily fixait les doigts de Mme Simonot qui se tressaient les uns aux autres ; elle se sentait vide, comme aspirée par un cyclone intérieur. Elle a fait asseoir la vieille femme, elle ne voulait plus voir ses mains se tordre. Mme Simonot a sorti un mouchoir de sa poche, elle a soufflé dedans avec un grand pouet de locomotive, ce qui a enlevé toute dignité à cet instant pourtant grave. Lily lui a porté un verre d'eau. Le liquide tressautait, Lily a pensé aux dessous des bras de ces femmes qui se laissent vieillir, ces chairs flasques qui la dégoûtaient. Mme Simonot a trempé ses lèvres dans l'eau molle, puis elle a tendu un télégramme à Lily sans la quitter des yeux.

Lily s'est approchée de la vitre pour le lire. D'une main, elle se tenait au rebord de la fenêtre, consciente que sans cette rambarde elle pourrait défaillir et se laisser glisser au sol. De l'autre main, elle a donné un coup dans le papier pour l'ouvrir en grand. Elle redoutait de voir flou, de ne pas arriver à déchiffrer le message à travers ce voile qui venait de lui tomber dessus. Mais non. Les lettres étaient là, claires. Limpides. *Le soldat Leguen Michel… délit de refus d'ouvrir le feu en présence de l'ennemi… prison.*

Lily a éclaté de rire. Mme Simonot a ri aussi, sans savoir, pour lui tenir compagnie, ne pas avoir l'air bête. Lily l'a prise par le bras, elle l'a entraînée dans un tour de valse. La vieille femme hoquetait. Lily a chanté :

— Il n'est pas mort, Michel n'est pas mort…

À bout de souffle, Mme Simonot l'a suppliée de la lâcher. Lily l'a laissée s'affaler sur la chaise, elle a tourné, virevolté encore trois tours puis a stoppé net sa danse.

— Jurez-moi, Mme Simonot, jurez-moi que vous ne direz rien à maman.

La créchière a soupiré :

— Qu'est-ce que je pourrais bien lui dire ? Je ne sais rien moi, juste que Michel n'est pas mort. Mais ça, ce n'est pas une nouvelle, il nous reviendra, tu le sais bien, Lily, Michel est trop malin pour y rester.

Lily n'a pas écouté la vieille femme lui expliquer qu'elle avait fini le repassage, qu'elle devait rentrer, qu'il fallait encore qu'elle prépare un pot-au-feu pour sa nièce qui aimait tant ça… La porte s'est refermée sur ses derniers mots, Lily s'est assise à son tour. Si sa mère apprenait que Michel était en prison, elle paniquerait et ferait n'importe quoi. *Refus d'ouvrir le feu en présence de l'ennemi*, est-ce que c'était puni de la peine de mort ?

Saleté de journée… Michel était en prison, Nicky se préparait à coucher avec un abruti, et Lily n'était plus tout à fait sûre d'aimer danser comme on le faisait à l'Opéra. Depuis quelque temps, son corps devenait noueux, elle avait souvent mal au ventre, mal au crâne. Elle avalait des Aspirine, prenait des douches trop chaudes, ça ne suffisait pas. Si Michel avait été là, il aurait massé sa nuque, lui seul savait la toucher. Ils riraient ensemble de ces *bobos de danseuse* comme Michel les appelait. Il était si fier de sa *petite ballerine*. Lily a pensé à Claire. Est-ce qu'elle savait que Michel était en prison ? Si elle ne le savait pas, il fallait le lui dire. Michel avait forcément noté son adresse quelque part, il suffisait de chercher. Ensemble peut-être elles pourraient… Qu'est-ce qu'elles pourraient faire ?

Non. La seule qui pouvait sortir Michel de ce guêpier, c'était Mame Marthe.

*

Nino se tournait et se retournait entre ses draps. Il l'avait perdue dans les rues derrière le Palais Royal, le souffle trop court, un point de côté. Maudits poumons… Il faudrait bien qu'il lui parle pourtant. À ses pieds, dérangé dans ses rêves de félin, le chat miaula. Nino alluma, il regarda l'heure. Trois heures cinquante. Qu'est-ce qu'on pouvait faire à trois heures cinquante quand il faisait froid, qu'on était amoureux à en crever et qu'on était seul ? Il prit son carnet et se mit à dessiner.

Ballerine, pied posé, pied lancé,
ballerine, mains au ciel, tête levée.

*

— Encore cette famille à tiroirs… C'est qui cette Mame Marthe ?
— Marthe, c'était la marraine du père de Lily, une de ses tantes, tu me suis ?
— Donc Marthe est la grand-tante de Lily qui est ma grand-tante à moi, et la marraine du père de Lily qui est ma marraine à moi.
— C'est ça, bravo. Je ne la connaissais pas beaucoup, mais elle m'avait aidé sur deux ou trois coups, quand je cherchais

des endroits de tournage un peu spéciaux. Une fois, elle m'a trouvé une imprimerie désaffectée, exactement ce que je cherchais pour une scène de film. Elle connaissait Paris mieux que personne, et surtout elle avait des amis dans des milieux étonnants.

— Des copains tatoueurs si j'ai bien compris…

— Oui, et aussi des copains à la marge, des gens qui savaient louvoyer entre les lois.

— Comment ça *louvoyer* ?

— Faire de faux papiers par exemple, ou savoir comment faire passer la frontière à quelqu'un qui est recherché.

— Je vois, des truands.

— Non, pas vraiment. Laisse-moi continuer.

Samedi 16 mai 1961, Trocadéro

Lily a raconté à sa mère qu'elle allait répéter ses enchaînements chez Jacques. Elle a marché jusqu'à Montparnasse, imaginant expulser son angoisse en traversant la moitié de Paris à pieds. Mais elle était encore loin de chez Marthe et l'envie de parler à quelqu'un de Michel et de la prison la débordait. Elle n'avait pas dormi de la nuit. Chaque plongée dans le sommeil l'avait conduite à un sursaut, l'impression qu'elle tombait dans le vide, le corps en sueur, et un réveil nauséeux. Il fallait qu'elle voie Marthe, vite, elle ne pouvait plus garder pour elle seule l'image de Michel enfermé dans une cellule. Elle a sauté dans le bus 82, direction le Trocadéro. Il était rempli de touristes américains. Aussi ébahi qu'un enfant devant un sapin de Noël, un appareil photo sur son ventre énorme, un homme riait en montrant chaque immeuble, chaque femme dans la rue. Les touristes parlaient fort. Lily se laissait bercer par leurs gloussements extasiés. *Paris is a wonderful city... Incredible... Dramatic.*

Ma tête est une forêt. Qui a planté ces graines ? Elles sont grosses, grasses, trop grasses. Elles poussent si vite, elles m'envahissent. Ce sont des graines de questions. Elles grandissent et s'empêchent les unes les autres de voir la lumière. Qu'est-ce que je peux faire ? Mon cerveau est une forêt vierge, une bulle qui va exploser, éclater en mille parcelles de cerveaux qui se donneront la main pour trouver la solution, le port de tête, Lily, le port de tête ! Elle s'est réveillée, la bouche ouverte, le front en sueur collé sur la vitre du bus. Un vieil homme assis près d'elle s'est levé pour descendre. C'était son arrêt aussi !

Son éternel couteau-éplucheur en main, Mame Marthe faisait tomber des copeaux de chocolat sur une tartine de pain beurré. Elle dodelinait de la tête, écoutait Lily sans l'interrompre. Michel, la prison, Claire qui était l'amoureuse de Michel mais ne savait sans doute pas qu'il était en prison, Mlle Bellesjambes et ses leçons qui l'ennuyaient, la répétition de Béjart à travers la lucarne, Lily lui a tout raconté, en vrac et dans le désordre. Elle avait un tel besoin de parler… Elle lui a même parlé de Pierre-Luc. Le visage de Marthe était ridé et poudré de rose. Son regard noyé de bleu se posait sur les gens, il les soupesait, il allait estimer au-dedans d'eux ce qu'ils valaient. Depuis cet hiver, Marthe laissait le blanc de ses cheveux gagner sur sa teinture auburn, mais sa bouche était toujours maquillée de rouge. Comme pour signer son refus de vieillir tout à fait, de renoncer à séduire. Elle a tendu une tartine à Lily, qui a mordu dedans. Chez Marthe, Lily oubliait qu'elle n'avait plus faim depuis que Michel était en Algérie.

— Ma fille, tu arrives à l'âge où personne ne peut plus choisir pour toi. Si je reprends les choses dans l'ordre, d'abord, la danse. D'un côté, tu passes tes journées à travailler avec un dragon au nom ridicule et tu n'y trouves plus aucun plaisir, de l'autre, tu as vu un chorégraphe qui danse comme tu aimes, là, le choix me semble facile, passons.

Si tout était aussi facile… Lily en a avalé un bout de tartine de travers. Marthe a continué.

— Ensuite, ton frère s'est amouraché d'une fille, ça n'a pas l'air de te faire plaisir, là, ma cocotte, c'est la vie. Ton frère est un frère, et toi aussi tu t'amouracheras. Pas sûr que ce Pierre-Luc soit l'amoureux qui te convienne d'ailleurs, mais bon. Vis les choses, tu trieras après.

— Comment ça, *je trierai après* ?

Marthe s'est servi une dose de Porto format colosse.

— Tu as raison, parfois, on trie trop tard, mais ça aussi c'est la vie. Si tu passes ton temps à ne rien décider, les autres décident pour toi, et c'est bien le pire, non ? Alors, où en étais-je ? Ah, oui… l'amoureuse de Michel. On peut espérer que ton frère n'ait pas choisi une écervelée, ou pire, une chichiteuse. Mais écervelée ou pas, il faudra bien lui annoncer que son presque fiancé est en taule, et c'est à toi de le faire puisque ta mère n'est pas censée connaître son existence. Débrouille-toi, trouve son adresse, je suis sûre que tu sais où ton frère garde ses petits secrets. Reste cette histoire de prison. Là, c'est du sérieux, il faut faire quelque chose.

Marthe a fermé les yeux en sirotant son Porto. Comme un chat au soleil, elle prenait chaque moment de plaisir en entier. Lily a poussé les miettes en tas sur la table en formica jaune, une folie moderne, un point lisse et lumineux dans cette loge de concierge remplie de souvenirs d'avant-guerre, de flacons de parfums éventés et de livres reliés.

— Il faut que je me renseigne. Laisse-moi quelques jours, je te téléphonerai. Non, mieux vaut ne pas passer par le téléphone pour ça. Je viendrai te chercher à la sortie des cours, je t'attendrai au Café de la Paix. Je te téléphone la veille, juste pour te dire quel jour je serai là. Ne t'en fais pas, ma cocotte, on va arranger ça.

Lily ne savait pas pourquoi, mais elle avait toujours fait confiance à Mame Marthe. Pour le tatouage, elle avait eu la même réponse : *on va arranger ça*. Et elle l'avait fait. Cette fois encore, Lily la croyait, *Marthe allait arranger ça*.

*

— Je l'aime bien cette Marthe… Elle est un peu comme toi, daddy, elle arrange les choses.

— Oh, toi, tu es encore en panne d'argent de poche, c'est ça ?

— Même pas ! Je disais ça comme ça. Tu ne finis pas ton *paratha* ?

Dimanche 17 mai, week-end de Pentecôte,
sur les bords de Seine

Le week-end a été une respiration pour Lily, une pause trop brève dans sa montagne de solitude. Sa mère a été parfaite. Tonton Roger et tante Élise – mon père et ma mère – l'ont félicitée : ils avaient déjeuné comme des rois ! Ils ont parlé de Nantes, du président de Gaulle, de Gagarine et de Kennedy, mais surtout pas des attentats ni de l'Algérie. Lily supposait qu'ils avaient attendu qu'elle sorte prendre l'air avec moi pour parler de Michel. Elle était la plus jeune de la famille, ils la traitaient encore comme une enfant.

Elle s'en fichait. Je l'ai fait rire. Je lui ai raconté des tas d'anecdotes, des trucs marrants sur le tournage de *Lola*, comment on filmait une actrice en train de chanter sans son ni musique. Lily a mimé l'actrice articulant la chanson en silence, la bouche ouverte comme un poisson hors de l'eau. *C'est moi, c'est Lola. Celle qui rit à tout propos, celle qui dit l'amour c'est beau… C'est moi, c'est moi Lola.* J'ai fait le pitre, Lily m'a raconté la tête de Mlle Bellesjambes quand elle avait découvert son tatouage. Je me suis étranglé :

— Tu t'es fait faire un tatouage ?

— Tu ne diras rien, Philippe, jure-le.

— Sûr, je jure. Mais quelle idée ! Tu me le montres ?

On s'est cachés derrière un marronnier, Lily a soulevé son corsage. J'ai sifflé :

— Pas mal ! Avec un truc comme ça, tu pourrais tourner des scènes d'un érotisme…

— Ne te moque pas. J'ai fait ça pour Michel. Surtout maintenant qu'il est…

Lily a redescendu son chemisier sur sa taille.

— Jure-moi que tu ne répéteras pas ce que je vais te dire.

J'ai regardé ma belle cousine. J'ai fixé ses yeux qui hésitaient souvent entre le mauve et le gris, des yeux qui changeaient au gré de ses humeurs. Là, ils étaient presque violets, durs. Le secret de Lily devait être lourd à porter. J'ai juré.

— Michel est en prison.

J'ai allumé une cigarette.

— Comment tu le sais ?

— La gendarmerie, un télégramme. Je l'ai caché, personne ne le sait.

— Pourquoi tu as fait ça ? Ta mère va être folle quand elle va l'apprendre.

Lily a sorti le télégramme de la poche de sa veste, elle me l'a tendu. *Délit de refus d'ouvrir le feu en présence de l'ennemi.* J'ai souri. J'imaginais bien Michel bravant l'autorité militaire du haut de ses raisonnements d'intello.

— Ça te fait sourire ? Il est en prison, c'est grave !

— *Refus d'ouvrir le feu…* Si Michel a refusé de tirer, c'est qu'on lui demandait de tirer sur un innocent, il sait ce qu'il fait. Mais cacher le télégramme à ta mère, ça, c'est une connerie.

— Je voulais le montrer à Mame Marthe avant que maman ne fasse n'importe quoi.

— C'est pas idiot. Et Marthe, qu'est-ce qu'elle a dit ?

— Elle va arranger ça…

J'ai pris sa main, on a marché sur les quais en regardant les péniches avancer péniblement sur l'eau sale de la Seine. Je lui ai raconté ce que je savais des horreurs de la guerre, là-bas, sur le sol algérien, les villages brûlés, les paysans chassés de chez eux, et la torture.

— Il y a des gens qui refusent de participer à tout ça. Tu as entendu parler du « Manifeste des 121 pour le droit à l'insoumission dans la guerre d'Algérie » ? Des intellectuels, Sartre, Simone de Beauvoir, des cinéastes comme Sautet et d'autres ont signé un appel à refuser de faire cette sale guerre. Moi aussi je vais refuser quand ce sera mon tour, c'est décidé.

*

— Daddy… tu m'as dit que tu ne savais pas ce que tu aurais fait.

— C'est vrai. Mais quand on a dix-neuf ans, on aime bien flamber, faire le beau. Je ne voulais pas plonger Lily dans mes doutes, elle en avait assez de ses propres angoisses. Et je veux croire que j'aurais eu le cran de refuser.

*

— Refuser ? Mais le service militaire, c'est obligatoire, tu iras en prison !

— Ne t'en fais pas, Lily, je rejoindrai les insoumis. Le réseau Jeanson, ça te dit quelque chose ? On en a beaucoup parlé dans les journaux. Des hommes et des femmes aidaient le FLN en France, ils ont été condamnés dans un procès en septembre dernier.

Septembre 1960… comme c'était loin. Lily a pensé qu'en septembre dernier, le monde était encore en noir et blanc dans sa tête, d'un côté les méchants, ceux qui mettaient le bazar sur les terres d'Algérie, de l'autre les gentils, ceux qui étaient partis « pacifier » le pays. Elle a pris ma cigarette, en a tiré une bouffée et me l'a rendue. Elle a toussé, ses yeux se sont remplis de larmes.

— Des Français qui aident le FLN… c'est bizarre, non ? Le FLN, ce sont des rebelles, des ennemis.

J'ai serré sa main, j'ai jeté ma Gauloise dans la Seine.

— C'est plus compliqué que ça, Lily. Les partisans du FLN veulent une Algérie indépendante, ça ne veut pas dire qu'ils sont nos ennemis. En refusant d'obéir à un ordre qui allait contre ses propres valeurs, Michel aussi a été un rebelle. Il faut savoir dire non, Lily.

Lily a lâché ma main, elle a marché devant moi, les mâchoires serrées. Ennemis, amis, indépendance, rébellion, tout ça, c'était compliqué pour une jeune fille de seize ans qui passait tout son temps à danser, pas à lire des revues politiques. Elle s'est retournée vers moi, elle a parlé fort, elle a presque crié :

— Depuis que je suis toute petite, Michel me dit qu'il faut être une bonne élève, la meilleure danseuse de l'Opéra, qu'il faut que j'obéisse à mes professeurs. Je l'ai écouté, j'ai tout fait pour lui faire plaisir et maintenant, tu me dis qu'il faut se rebeller ?

J'ai souri. Je l'ai attrapée par la taille et je l'ai serrée contre moi.

— Tu as obéi à qui quand tu as fait ton tatouage ? Tu ne vas pas me dire que tu n'as pas une petite part de rébellion en toi, belle cousine. Et ça me plaît… Si tu n'étais pas ma cousine, je crois que je pourrais tomber amoureux de toi, Lily.

Lily a souri d'un petit sourire triste. Elle a soufflé pour remonter une mèche de cheveux qui tombait dans ses yeux, elle m'a fixé et a lâché :

— Tu n'aimeras jamais que le cinéma. Et tu le sais.

*

— Elle n'avait pas tort, impossible de passer une seule journée avec toi sans parler ciné ! Mais tu as aimé grand-mère aussi ? Et maman ?

— Oui, je les aime plus que tous les écrans de cinéma du monde. Mais c'est vrai qu'à l'époque je n'avais que le cinéma en tête, j'étais bien loin de penser me marier ou avoir des enfants.

*

On est revenu sur nos pas pour retourner chez Lily. Je lui ai promis de repasser la voir mi-juin quand je reviendrai à Paris pour mon prochain tournage. D'ici là, je lui enverrai des articles pour comprendre ce qui se passait en Algérie, et pourquoi Michel avait eu raison de dire non.

Quand on est rentrés, une surprise attendait Lily. Sa mère avait arrangé ça avec mon père : pendant notre promenade, ils avaient installé un poste de télévision dans la salle à manger.

— De quoi te distraire…

Lily a fait remarquer que ce téléviseur avait certainement coûté une fortune, mais sa mère a murmuré, un étrange sourire aux lèvres :

— Monsieur Leroyer me permet de le payer en plusieurs fois, Edmond est très arrangeant tu sais.

Non, Lily ne le savait pas. Et elle ne savait pas non plus que sa mère donnait du *Edmond* au marchand de télévision du quartier. Je l'ai vue pâlir.

Mon père a essayé de sauver la fille et la mère d'un naufrage :

— L'argent, ce n'est rien quand ça permet de faire revenir la bonne humeur dans une famille. Tu verras Lily, il y a des émissions formidables. Tu pourras regarder des films…

— … et suivre tout ce qui se passe aux actualités.

J'ai fait un clin d'œil à Lily. Il y avait des choses plus

importantes que d'autres en ce moment, les relations entre sa mère et le marchand de télévision ne pesaient pas très lourds face à la guerre et à tout ce qu'elle impliquait dans nos vies, en commençant par celle de Michel et ses jours en prison.

— Ça tombe bien, les négociations commencent demain à Évian. Le gouvernement va enfin parler avec ceux qui demandent l'indépendance pour l'Algérie. En route pour la paix et le retour des appelés…

*

— Je ne suis pas réellement un grand optimiste, mais pour que Lily retrouve son sourire j'aurais peint toute la ville en rose. Je ne savais pas que la première nouvelle qu'elle entendrait sur le téléviseur, le lendemain, ce serait l'annonce de dix attentats du FLN en Algérie. La Paix, c'était pas gagné.

Mardi 19 mai 1961, L'Opéra

— Alors il m'a dit qu'il m'aimait, qu'il m'aimerait toujours, et il m'a serré tellement fort contre lui que j'ai cru étouffer. Et…

Et elle l'avait cru. Lily enfilait son justaucorps tout en regardant Nicky. Elle la trouvait belle, ses yeux brillaient d'un éclat encore inconnu à Lily. Elle revit son amie enfant, à cet âge où l'on ouvre ses cadeaux de Noël sans imaginer un seul instant que nos parents nous ont menti et ont posé eux-mêmes les paquets près des souliers. Nicky avait seize ans et ce garçon la faisait planer.

— Tu m'écoutes ? Lily !

Lily a rassuré sa copine de tant d'années, bien sûr, elle l'écoutait. Après leur fâcherie de l'autre soir, ce matin, Nicky était revenue vers elle pleine de ce nouveau bonheur qui l'inondait. Une crampe a vrillé le ventre de Lily, ça lui arrivait de plus en plus souvent.

— Tu ne veux pas savoir si…

Non, Lily ne voulait pas savoir. Ce trop de bonheur pourrait être sali, elle ne voulait pas de détails, juste ce regard ébloui de Nicky et ce petit nuage accroché au-dessus de sa tête. Ça lui faisait du bien. Lily aurait voulu être comme Nicky, elle aurait voulu tapisser sa vie de papiers peints fleuris. Il faisait beau, elle avait seize ans et elle allait trouver une solution pour sauver son frère.

— Pierre-Luc était avec vous ? Je le reverrais bien… Tu penses qu'il sera au Balto tout à l'heure ?

Nicky lui a sauté dessus et l'a embrassée.

— Tu ne peux pas savoir le plaisir que tu me fais, Lily ! Tu étais si triste ces derniers temps. Sortir toutes les deux avec deux copains, ce sera formidable !

Comme Lily lui demandait de ne pas précipiter les choses, Nicky a ajouté que Dan et Pierre-Luc étaient au Balto tous les soirs maintenant. Elle trouvait Pierre-Luc beaucoup moins attirant que Dan, mais il était gentil, elle comprenait qu'il plaise à Lily. Elle l'accompagnerait tout à l'heure, après les cours, pas longtemps, sa mère l'attendait pour faire des courses, elle viendrait juste embrasser *son Dan*.

Le cours de Mlle Bellesjambes a commencé par l'essayage des tenues du concours. C'était important, il fallait que le tutu soit parfait, ni trop long ni trop court, que les élèves soient bien dedans, que le justaucorps soit ajusté, sans trop serrer. Les chaussons étaient le point essentiel, les apprentis danseurs devaient les faire à leurs pieds pour être totalement à l'aise le jour J. Les filles d'un côté, les garçons dans une salle éloignée, ils piaillaient à qui mieux mieux, tout le monde était excité.

Nicky était en train de s'entortiller dans un justaucorps rose poudré. Lily n'a pas vu Mlle Bellesjambes arriver, elle l'a senti déchirer l'espace derrière elles.

— Nicole !

Son cri a percé l'air, qui s'est épaissi d'un coup.

— Vous avez encore grossi. Je vous avais pourtant avertie. Vous êtes grasse comme trois oies, et vous voulez entrer dans le ballet de l'Opéra ? Regardez-moi ça…

Mlle Bellesjambes a tiré sur la peau du ventre de Nicky, elle l'a fait avancer en la tenant par ce bout de peau à peine enrobé de gras, est passée devant nous toutes. Le silence. On a baissé les yeux. Le corps de Nicky tremblait. Lily entendait son souffle trop rapide.

— Voyez, Mesdemoiselles, ce qu'il ne faut jamais jamais faire, vous m'entendez ? Grossir est la pire insanité que puisse vivre une danseuse.

— Mais, Mademois…

Une des filles a essayé d'adoucir la torture de Nicky, le regard noir de Mlle Bellesjambes l'a fait taire. Lily ne disait rien, après la scène de l'autre jour et son tatouage, elle n'était pas la mieux placée pour défendre son amie. Mlle Bellesjambes en a rajouté.

— Une oie, vous êtes une oie grasse, Nicole.

Nicky a éclaté en sanglots. L'image de ces insoumis qui osaient dire non à la guerre a traversé l'esprit de Lily. Un éclair fugitif, intense. Elle n'a pas réfléchi :

— Laissez-la tranquille ! Nicky n'est pas grosse, c'est vous qui êtes…

Mlle Bellesjambes s'est approché de Lily, livide, la main levée. C'est Mme Piakova qui a arrêté le massacre. Elle s'est dressée, le siège de son piano est tombé à terre. Tirant derrière elle son pied inerte, l'accompagnatrice s'est interposée entre Mlle Bellesjambes et Lily. La professeur a baissé son bras, tout son corps tremblait. Lily ne bougeait pas. Mme Piakova a pris Nicky par l'épaule.

— Allons, venez, ce n'est rien. Quelques jours de régime et il n'y paraîtra plus.

Mme Piakova a toisé Mlle Bellesjambes et continué de parler à Nicky :

— N'est-ce pas, Nicole, vous allez perdre un kilo ou deux, vous me le promettez ? Vous êtes superbe, tout va s'arranger.

Nicky a reniflé, elle a promis et est sortie en courant.

Personne n'a bougé. La professeur de danse et l'accompagnatrice se sont fait face un moment. Le monde aurait pu s'écrouler. Puis Mme Piakova a fait signe à Lily de se remettre à la barre et elle est retournée s'asseoir derrière son piano. Elle a lancé des arpèges pour s'échauffer. Accrochée à ces notes lancées dans le vide, la vie a repris. Bruissements. Et le cœur de Lily enfermé dans sa cage thoracique, qui tambourinait et cherchait à s'échapper.

*

Nino frottait les pampilles de cristal à grands coups de chiffon, il les faisait tinter trop fort. La vieille sorcière avait encore crié, cette sorcière était une mauvaise femme. Elle devait être douce avec sa fée, sinon. Les lustres à nettoyer, le zinc près de l'Apollon s'était encore soulevé, il fallait le fixer à nouveau. Tellement de temps passé à travailler. Il aurait voulu rester là-haut, derrière la lucarne, à l'observer, à rêver.

Il pourrait l'emmener, sur une île. Il serait seul à la regarder, elle danserait seulement pour lui. Ils seraient bien.

Mata Réva, voilà une île pour toi et moi…

Mardi 19 mai 1961, après les cours, au Balto

Nicky ne savait plus si elle avait envie d'être danseuse. Elle se répandait en aspirant son diabolo fraise comme si c'était tout son passé qu'elle absorbait. Et d'abord pourquoi ferait-elle ça toute sa vie ? Les tutus qui rentraient dans les fesses, les chaussons qui martyrisaient les orteils, les heures d'entraînement, le trac qui nouait le ventre avant chaque entrée en scène. Oui, pourquoi ? Elle avait crié son *pourquoi*, autour d'elles, les gens se sont retournés. Lily lui a pris le bras, elle a essayé de la calmer. Elle retrouvait les arguments en faveur de la danse qu'elle listait depuis des jours :

— Pour ce moment où tu planes au-dessus de la scène, les yeux pleins de la lumière des projecteurs… Pour la beauté et…

— Dis, Lily, tu trouves que je suis grosse ?

La question a dérouté Lily. Nicky toujours si belle, si sûre d'elle…

— Non, Nicky, tu n'es pas grosse, ce sont les danseuses qui sont maigres. D'ailleurs, pourquoi on ne pourrait pas être danseur sans être menu ? Imagine, un ballet où les corps des danseurs ne seraient pas tous identiques, un spectacle avec des graciles, des gros, des plus grands et des tout-petits. Ce pourrait être quelque chose !

Nicky s'est étouffée en avalant sa boisson de travers.

— Un *lac des cygnes* avec une étoile dodue comme une dinde de Noël, ça changerait la face de la danse, c'est sûr.

— Non, je veux dire, on pourrait créer des ballets pour ces danseurs différents, quelque chose de nouveau. Les gens sont tous différents, pourquoi les danseurs ne le seraient pas ?

Nicky n'avait pas très envie de parler sérieusement de tout ça. Elle a passé en revue les grands ballets classiques en imaginant les danseurs obèses, nains ou difformes, elle en pleurait de rire. Lily était tellement soulagée qu'elle en oubliait le visage livide de Mlle Bellesjambes quand elle lui avait répondu. Elle a suivi son amie dans son délire.

— … et la Belle au bois Dormant en unijambiste : au réveil, son autre jambe se serait desséchée à attendre si longtemps !

C'est l'arrivée de Dan et de Pierre-Luc qui les a arrêtées. Propriétaire plein de morgue, Dan s'est installé à leur table et a pris Nicky par les épaules. Il l'a embrassée goulûment, un patin monstrueux. À l'idée de sa moustache qui frottait les lèvres de sa copine, Lily a eu un haut-le-cœur. Pierre-Luc s'est penché vers elle et lui a fait la bise.

— Qu'est-ce que vous racontiez de si drôle ?

— Des histoires de danse, rien de passionnant.

Dan a claqué des doigts pour appeler le serveur. Il a fixé Nicky d'un regard qui se voulait langoureux. Lily a imaginé un ruminant, un veau à l'approche de sa vache.

— Tu connais *Les Chats sauvages* ? Ça vient de sortir, c'est pour toi, *darling*.

Il est allé glisser une pièce dans le juke-box et a choisi son morceau. Un slow trop sucré a rempli le bar. *J'ai-ai pris dans tes yeux, heu, tout ce que j'ai vu d'amour…*

Lily n'a pas pu s'empêcher de commenter :

— Quelles paroles… Un vrai poème, de quoi détrôner les dialogues des films de la nouvelle vague, c'est sûr.

Un rictus a soulevé la lèvre de Dan, il s'est penché vers Nicky :

— On est vraiment obligés de supporter cette tarte ?

Nicky s'est trémoussée, sa jupe faisait crisser la banquette de skaï. Elle a susurré un *tu exagères* sans conviction. Lily a compris. *L'amour-our* comme hurlait le juke-box s'asseyait sur l'amitié et la piétinait sans scrupule. Tant pis pour elle.

— J'ai compris, Nicky, te fatigue pas. De toute façon, il fallait que je rentre, c'est l'heure.

Nicky a bredouillé un *au revoir*. Lily est sortie, sans payer son verre cette fois, Nicky lui valait bien ça.

Elle avait à peine tourné au coin de la rue Mazarine que Pierre-Luc l'a rattrapée.

— Dis-donc… Dan t'a dans le nez. Faut dire que tu le rates pas !

Lily serrait les mâchoires, elle a accéléré. Pierre-Luc a mimé quelques pas de claquettes et s'est posté devant elle, la main tendue. Lily l'a ignoré.

— Ça te fait rire ? Ton copain est un con, j'y peux rien.

— Hou là, je croyais que les danseuses de l'Opéra ne disaient pas de gros mots, qu'elles étaient des jeunes filles parfaites, bien élevées et tout.

Il a tourné sur lui en se hissant sur la pointe des pieds, s'est renversé en une révérence grotesque. Lily n'a pas pu s'empêcher de sourire.

— Ah, tu as souri ! Ne dis pas non, je t'ai vue.

Ils ont marché côte à côte sans rien dire. La main de Pierre-Luc a frôlé celle de Lily, qui s'est éloignée. Pierre-Luc a mis ses mains dans ses poches.

— Dan n'est pas si méchant, tu sais. C'est cette histoire de tir à la fête foraine, Dan a pensé que tu étais pour les fellaghas, ça l'a foutu dans une de ces rognes… Faut le comprendre, il en a bavé pendant son service dans les paras.

— Mon frère aussi en bave…

Lily s'est mise à parler. Les mots sortaient sans qu'elle y pense, une rivière qui la débordait. Pierre-Luc a fini par comprendre que Michel était en prison, mais pas pour avoir soutenu les généraux putschistes qui voulaient à tout prix que l'Algérie reste française, non. Bien loin de ça, le frère de Lily était en prison parce qu'il avait refusé de tirer sur un Arabe. Les paroles de Lily se chevauchaient, elle s'excitait à défendre son frère :

— Cet Arabe était sûrement innocent, on ne peut pas tuer les gens comme ça.

Pierre-Luc ne riait plus. Il triturait un bouton de son blouson qui pendouillait au bout d'un fil usé. Son regard était devenu dur. Il a fini par lancer :

— En laissant *cet innocent*, comme tu dis, en vie, ton frère a pris le risque que ce bougnoul tue des Français, des soldats et même des civils. T'as bien vu, hier encore, tous ces soldats tués par le FLN ! Faut voir la boucherie qu'ils font quand ils s'y mettent. Des sauvages. Le sang, ils aiment ça.

Lily s'est arrêtée au milieu du trottoir. Elle n'aurait jamais pensé que Pierre-Luc puisse être aussi dur. Elle se remémorait les arguments de son cousin, mais qui croire ? Et si Pierre-Luc avait raison ? Il devait mieux savoir, il était plus vieux, il avait déjà fait son service là-bas.

— Mon cousin dit que les soldats français vident des villages, ils brûlent les maisons ! Qu'est-ce que je dois croire ? Qu'est-ce que je peux faire pour aider mon frère à sortir de là ? Dis-moi ce que tu as vu quand tu étais soldat là-bas…

Lily s'est jetée contre la poitrine de Pierre-Luc. Il a hésité avant de refermer ses bras sur elle. Il a caressé ses cheveux. Son ton s'est radouci, sa voix est redevenue la voix douce et chaude qui faisait fondre Lily.

— J'ai pas fait mon service, Lily, ils ont pas voulu de moi. Souffle au cœur, il paraît qu'on peut vivre avec, ou mourir d'un coup. J'étais furieux. Je voulais aller me battre, comme mon grand-père qui est mort à Verdun en 1916, comme mon père qui est resté prisonnier des Allemands toute la seconde guerre après avoir défendu cette putain de ligne Maginot. Mon père, il est triste, si tu le voyais… Un perdant, c'est ce que cette guerre a fait de lui. Je voulais me battre pour eux, les venger en leur rapportant cette gloire qu'ils n'ont pas eue. Souffle au cœur… c'est trop con quand même.

Lily a levé son visage vers Pierre-Luc. Son regard était lointain, brouillé par des souvenirs amers. Elle a pris sa main et l'a embrassée, comme Michel le faisait pour la rassurer quand elle avait raté un examen de danse. Pierre-Luc continuait de parler, autant pour lui que pour elle.

— Mais j'ai trouvé comment faire, je vais les venger, tu vas voir. Avec Dan…

Il s'est interrompu, l'a regardée.

— Je ne peux rien te dire. Mais si tu veux qu'on en finisse avec cette guerre et que ton frère revienne vainqueur, tu peux nous aider.

— Qu'est-ce que je peux faire ?

Pierre-Luc a tracé le contour de sa joue d'un doigt.

— Je dois d'abord en parler aux autres. Tiens-toi prête. Quand je t'appellerai, tu feras ce que je te dirai, c'est tout. Un paquet à livrer, rien de compliqué, ne t'en fais pas.

Il a approché ses lèvres de celles de Lily. Elle a détourné son visage, elle n'était pas prête. Pierre-Luc a remis en place une mèche de ses cheveux :

— Tu as raison. Gagnons la guerre pour commencer, après, on verra.

*

— Ça pue des pieds cette histoire de paquet. Lily est trop naïve, elle se fait balader, elle le voyait pas ?

— Elle n'avait pas vécu grand-chose à ce moment-là. Depuis la mort de son père, sa mère la couvait, son frère la protégeait de tout…

— OK, elle a grandi chez les Bisounours. Mais là…

— Oui, là, elle risquait gros.

*

Nino est resté seul, il s'est laissé enfermer dans les coulisses de l'Opéra. Il rit de sa farce. Cette nuit, il serait le fantôme de l'Opéra, pour de vrai. Il avait prévu de quoi pique-niquer sur le toit, un peu de vin et du fromage, une pomme et une tablette de chocolat à cuire, du noir, amer, comme il l'aimait. En se cachant des passants, il pourrait dîner en regardant le soleil se coucher sur Paris. Ensuite, il jouerait dans les cintres, il se ferait chat pour passer entre les décors, funambule entre les guindes et les fils des panneaux peints, il ferait tinter les lustres suspendus. Ce soir, il ne serait plus Bête, il serait roi dans le royaume de sa Belle. Il l'attendrait.

Marcher sur le fil des étoiles…

Mercredi 20 mai, en prison à Alger

Trois mètres quinze de large, quatre trente de long, à trois poils près. Si ma main, de mon pouce à mon auriculaire, fait bien vingt-cinq centimètres, un peu moins que la hauteur d'une feuille de papier, c'est ce que mesure ma cellule. Un entresol, avec une fenêtre à barreaux à moitié enfouie dans la terre, et dix centimètres de vue sur la rue au-dessus. Je pourris là, seul, depuis combien de jours ? Combien de nuits ?

Personne à qui parler, je m'ennuie comme un rat mort. De la musique… ils dansent au-dessus. Elvis Presley. Les gradés s'amusent, ils ont raison. Ils peuvent mourir demain. Tuer. Être tués. Glander. Danser. Je me demande où ils trouvent les filles. Des filles d'ici ou des filles de métro ? Des bien sages, bien élevées, qui rient en cachant leur bouche derrière leur main et cherchent un mari qui les emmènera à Paris, à Toulouse ou à Tombouctou. Loin d'ici. Peut-être qu'ils dansent entre eux, les gradés… la main sur la couture du pantalon, soldat Leguen ! Un pas en arrière, un pas en avant. Repos. J'arrive encore à me faire rire tout seul, qu'est-ce que je suis con. *It's now or never, come hold me tight…* ça vaut pas le sax de Coltrane, mais il a une sacrée voix, c'est chaud. *Tomorrow will be too late, it's now or never…* J'entends au poil maintenant, fini, les sifflements. *Now or never.* Maintenant ou jamais. Un pas en avant, un pas en arrière. Pas facile de danser tout seul, mais au moins on se marche pas sur les pieds. Ta la tsoin tsoin… Je débloque. Faut que je me tire d'ici, je tiendrai pas. Passer des heures à regarder les pieds de ceux de dehors qui marchent sur les quais, compter leurs pas, c'est pas une vie. J'ai vingt ans. Je veux voir Claire, sentir sa peau sous mes doigts, caresser ses cheveux, ses seins, ses fesses. Je veux.

Me tirer. Déserter. J'y ai cru, à leur pacification. Ô comme j'y ai cru… Cette guerre est une honte, un furoncle au cul des valeurs de la république. Je ne sais pas si elle s'en remettra, mais moi, j'aurais du mal.

Mercredi 20 mai, quai de la Mégisserie

Lily relisait le mot de sa mère. Il l'attendait, posé sur la table.

« Ne m'attends pas pour dîner, Edmond m'emmène chez un avocat qu'il connaît. Michel est en prison, tu me l'as caché ! On s'expliquera plus tard, il faut que je le sorte de là. »

Les yeux de Lily fixaient les mots griffonnés. La cuisine sentait le café bouilli, cette odeur avait toujours écœuré Lily. Elle a attrapé la feuille, l'a froissée. Puis elle a ouvert la trappe du poêle et a lancé la boule de papier sur les braises encore rouges. Les mots ont flambé, mais la colère de sa mère continuait de saturer la pièce. Lily a refermé la trappe, les yeux luisants. La fumée irritait ses yeux. Cette histoire d'avocat allait tout compliquer. Si Lily avait parlé de Marthe, sa mère aurait haussé les épaules, elle la prenait pour une vieille excentrique. Elle ne l'aimait pas beaucoup. Et encore, elle ne savait pas, pour le tatouage… Lily s'imaginait affronter le regard de sa mère, lui expliquer pourquoi Marthe valait dix avocats parisiens dans cette affaire, mais elle n'avait aucun argument. C'est juste qu'elle le sentait et qu'elle faisait confiance à la vieille femme depuis toujours. Comme un reste de cette confiance intégrale, puissante et unique qu'elle vouait à son père. Elle ne pouvait pas rétorquer ça à sa mère, il lui fallait un appui. Cette fois, elle devait parler à Claire.

Lily a grimpé l'escalier en courant. Elle a mis la chambre de son frère sens dessus dessous. Elle a retourné les tiroirs du bureau, secoué tous les livres, ouvert toutes les pochettes de disques, avant de tomber dessus.

6 villa Adrienne-Simon, entrée par le 48 de la rue Daguerre, métro Denfert-Rochereau. Claire habitait rive gauche, pas loin des bars de nuit où on jouait les musiques qu'aimait son frère. Michel avait noté son adresse sur une carte à jouer, un as de cœur. Michel aussi fleur bleue qu'une midinette, ça avait fait sourire Lily. La carte était cachée dans la pochette de *Giant Steps*, un disque de jazz, un certain John Coltrane.

Lily pensait tout connaître de son frère, mais il ne lui avait jamais fait écouter ce disque. Sans doute il ne voulait le partager qu'avec Claire. Elle a posé le vinyle sur le pick-up, enclenché le bras, fermé les yeux. Et écouté. Le saxophone a déchiré sa nuit. Il se tressait au piano, lissait les sons et les rythmes, la batterie entrait dans son corps et la menait par le bout du cœur. C'était cruel, c'était beau. Si beau. Lily en avait des frissons, comme une fièvre qui flirtait avec sa peau, ses veines, son sang. À *Naima*, elle a pleuré. Elle était bien. Et jalouse. Oh, si jalouse d'*elle*.

Après la dernière note, elle a remis le disque dans sa pochette et n'a pas su où le cacher. Elle voulait l'oublier, rayer cette complicité entre son frère et une autre femme qu'elle. Elle l'a envoyé glisser sous le lit, il a buté contre quelque chose. Michel balançait souvent ses chaussures sous son lit, ça faisait enrager leur mère. Lily s'est pliée en deux pour regarder, elle a trouvé un livre. Couverture blanche, étoile rouge. Henry Alleg, *La Question*, éditions de Minuit. Elle l'a ouvert. Et n'a pas pu décrocher son regard des phrases, sèches, douloureuses, qu'il contenait. Un homme livré aux bêtes. La torture geste après geste, douleur arrachée à la douleur. Et au-delà de la douleur, l'homme nu qui refuse de parler. L'homme qui dit « non ». Lily s'est couchée avant que sa mère ne rentre, la tête pleine de cris et de nuit.

Le lendemain matin, quand Lily s'est réveillée, sa mère était là, à ranger les vêtements éparpillés autour du lit. Elles se sont regardées. Lily attendait la tempête. Devant toute l'inquiétude que contenait le regard posé sur elle, Lily n'a pas pu s'empêcher de penser que sa mère avait dû être très belle. Après le départ de Michel, elle s'était fait couper les cheveux courts, ça lui allait bien, on voyait mieux ses yeux, grands, et clairs. Deux rides mettaient sa bouche entre parenthèses mais elle avait toujours un corps léger, sauf ses épaules, qui semblaient la tirer vers le sol.

— Pourquoi tu me regardes comme ça ?

— Rien. Tu es belle, maman.

Mme Leguen a caché un sourire, elle s'est levée.

— Ne pense pas m'amadouer avec tes compliments. J'espère que tu as une bonne raison pour m'avoir caché que ton frère était en prison.

Lily s'est levée. Elle a enfilé un pull par-dessus sa chemise de nuit et a suivi sa mère dans la cuisine.

— Je ne voulais pas que tu te fasses du souci, c'est tout. Tu es assez triste comme ça.

Mme Leguen a posé la cafetière sur la cuisinière et a allumé le gaz. Elle n'a pas regardé sa fille.

— J'ai l'air si triste…

Ce n'était pas une question. Lily a tranché des tartines dans un pain trop dur, sans répondre.

— Tu pensais me le cacher longtemps ?

— Le temps de voir avec Marthe…

— Marthe ! Bien sûr. J'aurais dû m'en douter. Qu'est-ce que vous manigancez toutes les deux ? Vous trouvez que Michel n'a pas fait assez de conneries comme ça ? La politique, les grandes idées, Marthe n'a que ça à la bouche ! Tout ça pour finir à se miter toute seule dans sa loge de concierge ! Figure-toi que j'ai d'autres avenirs en vue pour ton frère ! Son diplôme d'instituteur n'est qu'un début, il pourra…

Lily a posé son regard sur sa mère avant de jeter la corbeille de pain sur la table.

— Maman, Michel est en prison, tu entends ? P-R-I-S-O-N, prison !

Mme Leguen niait la réalité de la tête. Elle s'est caché le visage entre les mains. Lily s'est assise et a versé du lait dans son bol.

— Marthe peut le sortir de là mieux qu'aucun avocat, tu le sais bien. Papa lui aurait fait confiance, lui.

Mme Leguen s'est levée d'un bond, envoyant au passage sa

chaise valser contre la table. Elle a disparu dans l'escalier dans un bruit de monde renversé.

Elle ne remonterait du magasin que tard le soir. Lily avait toute une journée de liberté devant elle.

En passant devant le lion de Denfert, elle repensait aux mots de *La Question*. Elle se demandait ce qui avait pu transformer ces hommes en monstres, en véritables bêtes sauvages. Pourquoi ne refusaient-ils pas de torturer ? Qu'est-ce qui les en empêchait ?

*

Nino détestait les jeudis. Il aurait voulu des semaines sans jeudi, sans dimanche ni samedi. Seulement des jours de danse. Au fond de son poumon, la douleur pulsait, elle battait, l'épuisait. L'opium ne le soulageait plus vraiment. Est-ce que la bête avait recommencé à creuser ? Il aurait fallu qu'il consulte. Il savait ce que le docteur Cassard allait lui dire : Nino devrait arrêter de travailler, se soigner et se reposer. Il devrait.

Mais il avait besoin de la voir, tous les jours. Elle était son oxygène, son énergie. Sa raison de vivre. Et sa torture aussi.

Jeudi 21 mai 1961, chez Claire, Villa Adrienne

Une porte au rez-de-chaussée d'une cour pleine d'ombres et de pavés. Claire était là, elle a ouvert. Elle était pâle, blonde. Elle a souri. Même pas étonnée.

— Lily ?

Lily n'a pas répondu, l'autre lui a fait signe d'entrer.

— Je t'attendais.

Lily aurait aimé la détester, elle n'y est pas arrivée. Claire a posé deux tasses de thé sur un guéridon, des biscuits. Lily s'est dit que l'autre la prenait pour une vieille qui boit sa tisane, ou plus certainement une enfant à qui on offre un goûter.

— Michel te décrit parfaitement. Ton allure, ta beauté. Je serais presque jalouse.

Claire a ri, et son rire qui dégringolait en cascade a blessé Lily. Elle a planté sa banderille.

— Vous savez, pour la prison ?

L'autre a reçu la question en plein front, elle a tiqué en entendant le *vous*. Lily n'avait rien trouvé de mieux que de vouvoyer cette autre pour mettre une frontière entre elle et cette fille trop jolie qui écoutait Coltrane avec son frère. Le regard de Claire s'est perdu derrière Lily, au-delà de la pièce. Elle a posé sa tasse sur la cuillère. Équilibre rompu, porcelaine contre métal, fausse note.

— Je sais. Au début, j'en ai été malade. Après, je me suis

dit que c'était mieux pour lui. Comprends-moi bien, Lily : ce que je voudrais par-dessus tout, c'est que Michel rentre, qu'il soit là avec nous. Mais dans sa situation, la prison, ça prouve qu'il a su résister, il a dit non à un ordre qui lui faisait honte. Je le connais, s'il n'avait pas refusé de tirer, il se serait senti coupable toute sa vie.

Le *je le connais* de l'autre a vrillé l'estomac de Lily. Ces crampes, encore. Mais elle ne pouvait pas s'empêcher de penser que Claire avait raison. Et elle lui en voulait aussi pour ça.

— Ils vont le rendre fou. Qu'est-ce qu'on peut faire ?

Un grand silence a mangé la pièce. Elle était fraîche. Des fleurs des champs posées dans une coupelle sur une table basse, des coussins noirs et blancs jetés sur un tapis aux motifs géométriques, un lit contre le mur, des draps blancs. Au mur, une photo de Jeanne Moreau, radieuse dans les rues de Paris, la nuit. Au-dessus, une autre de Jean-Louis Trintignant et Brigitte Bardot couchés sur un lit défait. Claire suivait le regard de Lily. Elle a désigné Brigitte Bardot.

— Tu sais qu'elle était danseuse classique, elle aussi ? Elle a atterri bien loin de l'Opéra…

Elle a ri, son rire sonnait faux. Le silence s'est réinstallé entre elles. Lily imaginait Mlle Bellesjambes faisant répéter Brigitte Bardot, elle se forçait à ne pas sourire. Claire a resservi du thé. Elle a parlé du film *Et Dieu créa la femme*, qui lui avait ouvert les yeux sur des tas de choses, ce que nos parents nous apprenaient et la société qui changeait, la femme qu'elle avait envie d'être, avec la liberté de choisir. Elle parlait de tout pour ne pas parler de Michel et de la prison.

— Tu te rends compte, on ne peut pas avoir un compte en banque et un chéquier sans l'accord de nos parents ou de notre mari ! Je travaille et mon salaire passe par le compte de mon père, il gère mon argent jusqu'à mes vingt et un ans, ensuite, ce sera au tour de mon mari. C'est fou quand même !

Lily n'y avait jamais pensé, et elle se fichait de ces considérations sur la place des femmes et de leur chéquier.

— Tu vas épouser Michel ?

Elle avait dit *tu* sans le faire exprès ; l'autre connaissait si bien son frère… c'était sans doute un lien trop fort entre elles pour que Lily la vouvoie plus longtemps.

Elle lui a répondu qu'elle ne savait pas. Ils s'aimaient, c'était sûr, mais avec cette guerre, tout était si difficile. Penser à l'avenir lui était impossible. Lily s'est levée, elle s'est plantée devant la photo de Bardot. Dire que Michel avait peur que Claire en soit jalouse ! Ils ne se connaissaient pas si bien que ça après tout… Au pied du lit, un tas de disques, Gréco et Barbara. Lily voyait bien que Claire n'avait pas de réponse, elle non plus ne savait pas ce qu'on pouvait faire pour sauver Michel.

— On ne peut pas le laisser pourrir en prison. J'ai demandé à Mame Marthe de s'en occuper, c'est quelqu'un de notre famille.

Lily avait appuyé sur le « notre », excluant l'autre. Elle s'est retournée, Claire regardait le fond de sa tasse comme si elle avait pu y pêcher un miracle. Lily a insisté. Elle a crié sans le vouloir :

— Il faut le sortir de là !

Elle est sortie en claquant la porte. Besoin d'air. Elle a traversé la place Denfert-Rochereau comme si elle était poursuivie. Poursuivie par qui, par quoi ?

*

— Je sais ! Pierre-Luc ! Il est encore là, à la gluer. Il va pas arrêter maintenant qu'il a trouvé une proie. Au lycée, il y a une fille…

— Non, Lorie. Pas de Pierre-Luc ce jour-là. Juste l'angoisse qui prenait Lily dans ses filets. Michel en prison, le concours qui approchait, ses doutes sur son avenir, ça faisait beaucoup à porter pour une fille qui ne s'était jamais posé de questions.

— Faut bien que ça arrive un jour. Moi…

— Toi ?

— Non. Rien. Tu reprends du riz ?

Lundi 25 mai 1961, Opéra

Les jours passaient, pas de nouvelle de Michel ni de Mame Marthe. Les cours avec Mlle Bellesjambes se suivaient. Nicole avait très envie de tout arrêter. Lily lui avait fait promettre de tenir jusqu'au concours, c'était déjà ça. Après… *Après, on verra.* C'est ce que Nicky avait répondu.

— Tu sais, on parle beaucoup avec Dan, de l'avenir, des événements, de l'Algérie. Ces familles de Français qui vivent là-bas dans la maison de leur grand-père, ils ont enrichi ces départements, cultivé ces terres. Tu imagines, ils vont tout perdre à cause de de Gaulle et de son référendum. C'est dégueulasse.

— Ces terres, les Français les ont bien prises à quelqu'un, à un moment, non ?

— T'es trop gentille toi, tu te laisserais tout prendre et encore tu dirais merci…

Lily décida de ne pas répondre, elle ne faisait pas le poids face à Dan et son incontestable pouvoir de séduction… au moins sur Nicky. Elle finit de se préparer en réfléchissant à cette guerre, est-ce qu'elle aurait pu être évitée ? Est-ce que les Français venus de métropole et les Français arabes n'auraient pas pu s'entendre, vivre ensemble ? Maintenant, il était trop tard. Il y avait eu trop d'horreurs de tous les côtés.

Nicky avait fini de se changer, elle attendait Lily.

— Dan est trop chou tu sais, il veut faire mon « éducation politique », c'est le terme qu'il a employé. Il pourrait t'expliquer à toi aussi, si je lui demandais gentiment, bien sûr.

Lily a haussé les épaules. Elle a repensé à Pierre-Luc, qui comptait sur elle pour faire avancer les choses et que cette guerre finisse. Elle s'est remémoré leur conversation. Sa bouche est devenue sèche, elle avait parlé trop vite, sans savoir. Elle s'est demandée à quoi elle était mêlée, pas certaine du tout d'avoir la même *éducation politique* que Pierre-Luc et Dan. Sans doute Pierre-Luc l'avait-il compris, le week-end était passé et il ne l'avait pas appelée. Mais elle n'était sûre de rien.

— Qu'est-ce que tu as ? T'es toute blanche ?

Lily a rassuré son amie, ce n'était rien, une crampe.

— Ah, toi aussi tu as des crampes ? Ma mère a raison, il faut boire de l'eau. Tu me feras répéter ma variation ? Tu as vu, j'ai déjà un peu minci, tu ne trouves pas ? Je suis au régime salade haricots verts, c'est terrible. La nuit, je rêve de nuages en chocolat…

Entraînements libres. Dans la salle entourée de miroirs, gardiens de la beauté idéale, les élèves s'étiraient, s'échauffaient. Ils refaisaient, l'un après l'autre, les mêmes mouvements qu'ils devraient exécuter à la perfection le jour du concours. Lily se noya dans cette répétition des gestes, elle oubliait son ventre noué, les perles de sueur sur ses tempes, elle tirait sur son dos, ses bras, lançait encore et encore ses jambes… et *sau-au-ter*.

Lily rentra chez elle, en nage, consciente de chaque muscle de son corps. Vidée, apaisée, elle se sentait bien. Elle a poussé la porte de la boutique en rêvant d'une douche.

— Lily ! Lily ! Mme Simonot t'a porté une lettre. Elle a fait tout un cinéma, comme quoi elle devait te la remettre à toi, mais elle ne pouvait pas attendre que tu rentres. Elle avait un de ces airs ! Moi non plus je n'ai pas pu attendre, d'autant plus que je venais de recevoir un coup de fil de… Bon, voilà, je l'ai ouverte.

Mme Leguen a tendu le courrier à sa fille, elle tremblait. Lily ne voyait que l'enveloppe, le bord arraché, le papier un peu jaune qui en sortait. Une goutte de sueur a glissé le long de sa nuque.

— Tu n'as pas le droit ! C'est personnel ! C'est mon frère.

— C'est aussi mon fils ! J'en ai assez de vos cachotteries de gamins à tous les deux, ça suffit ! Je me demande si vous grandirez un jour… Maintenant, lis, et calme-toi. Je vais chez Edmond, on va voir ce qu'on peut faire pour sortir Michel de ce guêpier.

Un guêpier ? Lily a sorti la lettre de l'enveloppe, un coin s'est déchiré. Elle a lu. Les mots résonnaient, ils heurtaient ses tempes. Sa mère était sortie sans même fermer le magasin à clef. Dans la boutique, les oiseaux piaillaient, ils jacassaient. Ils avaient faim, sans doute. Le cri strident d'un inséparable vrilla le cerveau de Lily.

Lettre de Michel - Sans date

Lily,

J'écris vite, je dois donner cette lettre à un cousin de Yassim, il la postera à l'adresse de Mme Simonot, je ne veux pas mettre ton adresse dessus, c'est trop risqué. Je la mets dans une double enveloppe, Mme Simonot saura qu'elle doit te la remettre à toi, rien qu'à toi.

Lily, ma Lily… jusque-là, ton frère était un insoumis, un rebelle à trois sous. Maintenant, je suis un déserteur. Oui, un déserteur, voilà ce que cette guerre a fait de moi. Je n'ose même pas imaginer ce que pépé aurait pensé de son petit-fils…

Je me suis enfui. Pas de retour en arrière possible. S'ils me prennent, c'est le tribunal militaire.

Tout est dans les mains de Yassim désormais. S'il est pris, je suis mort. Je ne veux pas mourir, Lily. Si tu savais comme j'ai envie d'être avec vous, à Paris, de marcher dans les rues la nuit, de boire, de lire, d'aimer, de crier… Je n'ai jamais eu aussi faim de ma vie.

C'est arrivé ce matin. Depuis quelques jours, on nous sortait de la prison pour aller balayer les bureaux des officiers de l'autre côté de la ville, faut bien qu'on serve à quelque chose. On était cinq, on nous emmenait à l'arrière d'une vieille camionnette sans bâche, ça nous faisait prendre l'air. À un carrefour, on a vu un attroupement, le camion a ralenti. Des soldats criaient sur un vieil Arabe, un marchand de légumes et sa petite fille tétanisée de trouille sur son âne. Le vieux n'arrivait pas à faire avancer l'animal, les soldats le tapaient pour le faire dégager. J'ai crié qu'on laisse cette pauvre bête tranquille. Le vieil Arabe m'a regardé, son nez saignait. Sans doute les soldats l'avaient déjà frappé. C'étaient des gars de l'infanterie, je me demande ce qu'ils foutaient là. Le gradé a fait arrêter notre camion, il a demandé qui étaient les rigolos qui se permettaient de lui donner des ordres. À côté de moi, le copain m'a serré le bras pour que je me taise. L'autre gradé a dit qu'il allait s'occuper de nous, qu'il nous prendrait tous les cinq comme hommes à tout faire pendant quelques jours et qu'on allait comprendre. Ses soldats ont ricané. J'avais chaud, j'avais mal dormi, et je n'en pouvais plus de tout ça. J'ai répondu qu'on n'était pas à leur service et qu'il fallait être bien abruti pour essayer de faire avancer un âne à coups de trique. Ça a dégénéré. Les coups sont partis. Un coup de matraque sur la tempe m'a sonné. Le copain m'a empoigné et entraîné avec lui au bas du camion. On n'a pas réfléchi, on a couru. On a entendu l'avertissement, ils allaient tirer. On était dans un quartier pauvre, des ruelles étroites, le copain semblait bien le connaître. On a couru, encore, d'une ruelle dans l'autre. Puis on n'a plus rien entendu derrière nous. On s'est topé dans les mains, on a repris notre souffle, on riait comme des gamins. Le copain fréquentait une femme dans le coin, il m'a demandé si je voulais le suivre chez elle. Je lui ai dit que non, que je savais où aller. En fait, je ne savais rien du tout. Le seul numéro de téléphone que je connaisse ici, c'est celui de la mère de Yassim. J'ai appelé en croisant les doigts pour qu'il ne lui arrive rien par ma faute.

J'ai attendu Yassim dans un bar. Le patron me regardait d'un air louche, je ne devais pas avoir l'air frais, mon œil commençait à bleuir – ne t'en fais pas, Lily, c'était juste le coup de matraque, ça va déjà mieux. Yassim m'a porté des vêtements civils. Je me suis changé et il m'a emmené en dehors de la ville, je suis en sécurité.

Voilà, tu sais tout. Je ne sais pas si je pourrai écrire encore. Je vais me débrouiller, trouver comment rentrer, ne t'en fais pas. Ne dis rien à maman, elle s'affolerait et ferait n'importe quoi. Je suis adulte, mais elle ne s'en est pas encore aperçu. Toi, tu sais que je m'en sortirai. Je m'en sors toujours.

Avec un peu de chance, je serai là pour ton concours ! Tu imagines…

Michel, ton frère, l'Algérien

Je m'en sors toujours… Encore des grands mots, encore des promesses. Lily a jeté la feuille sur la table. Comment Michel voulait-il qu'elle se taise si sa mère avait lu la lettre avant elle ? Mame Marthe ! Il fallait l'avertir.

Le coup de fil n'a duré que quelques secondes, le temps de prononcer une phrase, Marthe a interrompu Lily et lui a donné rendez-vous au bistro en face du théâtre du Châtelet.

*

— Là, il commence à me plaire, grand-tonton Michel. Je ne savais pas qu'il avait déserté, personne n'en parlait, jamais.

— Cette guerre, personne n'aime en parler. Elle a laissé de vilaines blessures, partout.

— Ça craint… C'est pas en mettant un sparadrap sur la plaie sans la nettoyer qu'on va arranger les choses. J'aurais aimé discuter avec lui. C'est trop tard maintenant, c'est nul. Remarque, jusqu'à ce matin, je ne savais même pas qu'il y avait eu une guerre entre la France et l'Algérie, alors…

— Tu l'as étudiée en classe, non ?

— Oui, oui, certainement. Je sais pas, peut-être à la fin de l'année. Mais l'école, tu sais, c'est pas la vie. C'est pas pareil.

Lundi 25 mai 1961,
café face au théâtre du Châtelet

— Si j'ai bien compris, ma fille, ton frère a pris la poudre d'escampette. Il a bien fait. Sale guerre, c'était la seule chose à faire.

— Mais…

— Écoute-moi bien, Lily. On ne joue plus là, tu sautes à pieds joints dans la cour des grands et c'est pas folichon tous les jours, la vraie vie des adultes, autant que tu le saches tout de suite. J'ai réactivé quelques réseaux, des camarades. Je me suis renseignée. Michel en prison, je ne pouvais pas grand-chose pour lui. Mais là, j'ai quelques cartes en main. Alors, écoute. Premièrement, tu ne dis rien, à personne. Je vais demander à ta mère de se taire aussi, j'espère qu'elle n'a pas fait la bêtise d'aller voir un avocat ou un m'as-tu-vu du genre qui nous foutrait des bâtons dans les pattes. Quoi ? Pourquoi tu fais cette tête ?

— Maman a déjà vu un avocat…

— Elle va vite. Bon, je vais lui parler, faut réparer les dégâts. Reprenons, deuxio, je vais essayer de rentrer en contact avec Michel via des camarades à Alger. Tercio, tu attends, je te tiens au courant dès qu'il est sorti d'affaire. Mais autant te préparer : tu ne vas pas le revoir avant un bout de temps, la Suisse, c'est ce qui me semble le mieux pour lui.

— Il écrit qu'il veut passer nous voir…

— M'étonnerait qu'il puisse. On est en guerre, ma cocotte, pas dans un western à l'eau de rose.

Marthe a laissé Lily devant son café-crème, elle avait rendez-vous chez son coiffeur. Elle la *contacterait*, comme elle disait avec un air d'espionne de cinéma. D'ici là, Lily devait se taire.

Lily a demandé un jeton au bar pour téléphoner. Elle appelait Nicky. Elle avait juste envie de lui parler de danse, de musique, de rien. Elle avait le nom de son frère au bout des lèvres. Le mot déserteur clignotait dans sa tête et menaçait d'exploser, mais Nicky a embrayé trop vite pour que Lily parle :

— Tu as eu Pierre-Luc ? Il te cherche partout. Je ne sais pas ce qu'il veut, ça à l'air important. Rappelle-le. Nous, on se voit demain à l'Opéra. Tu ne peux pas savoir ce que je donnerais pour manger une madeleine, ou une grosse cuillère de confiture de framboises… Oh oui, de la framboise, j'en rêve.

*

Nino regardait le crâne du docteur Cassard. Il fixait ce rond sur le sommet de la tête du médecin, une zone fauchée par les années, un cercle de paille plus rare et grise dans un champ de cheveux bruns. Penché sur son torse, le docteur Cassard le faisait respirer fort et écoutait l'air passer dans ses poumons. De son index, il tapota un moment sur le dos de Nino, l'air grave. Puis il lui demanda de se rhabiller et s'assit derrière son bureau. Le cuir de son sous-main était usé de trop de mots, trop de médicaments, trop de maladies notés sur l'ordonnancier. Nino n'avait pas besoin de poser de questions, il savait. La bête était revenue. Pas besoin du docteur, il connaissait chaque trace, chaque indice qu'elle semait sur son passage, la fatigue, la pointe au fond de la poitrine, jusqu'à cette barre maintenant au bas du dos.

— Je vous signe un arrêt de travail, un mois pour commencer. Je ne peux pas vous soigner si vous n'y mettez pas du vôtre. Allez à l'hôpital faire ces analyses, nous en reparlerons, on se revoit lundi prochain, même heure. En attendant, reposez-vous.

Reposez-vous. Posez-vous. Vous.

Nino sortit, un sourire aux lèvres. Il savait que la chasse serait sanglante, et qu'importe s'il était le gibier.

Lundi 25 mai 1961 toujours,
quai de la Mégisserie

Lily n'a pas appelé Pierre-Luc, elle a cherché sa mère. Elle est passée devant le magasin de téléviseurs sans oser entrer, mais elle n'a vu personne à travers la vitrine, qu'une vendeuse coiffée à la Sylvie Vartan. À huit heures, sa mère n'était toujours pas rentrée. Lily avait lu tous les journaux du jour, épluché le moindre article sur l'Algérie, sans rien trouver qui concerne Michel. Un soldat de plus ou de moins… Michel n'était qu'un grain de sable dans cette tempête.

Une douleur sourde prenait ses tempes dans un étau, Lily s'est décidée à avaler une Aspirine quand elle a entendu le carillon de la porte d'entrée. Elle a dévalé l'escalier. Sa mère était là, bras dessus bras dessous avec Monsieur Leroyer. En apercevant sa fille, elle a dégagé son bras et pris son air mondain.

— Lily, ma chérie. Je ne te présente pas Monsieur Leroyer, tu le connais, tu passes devant sa boutique tous les jours. Edmond, vous reconnaissez ma fille, Lily ?

Une boule montait et descendait de la gorge de Lily à son estomac. Sa mère et *Edmond*. Bras dessus bras dessous. Emmêlés. Il ne manquait plus que ça. Mme Leguen jacassait : *Edmond* connaissait quelqu'un haut placé dans on ne savait quel ministère, il lui avait téléphoné. Ils avaient rendez-vous le lendemain pour lui expliquer *l'affaire* – comme disait sa mère en soufflant le mot entre ses dents – de Michel.

Lily a explosé :

— Pas question ! Si ce *haut placé* met son nez dans ses *affaires*, Michel est foutu ! Mame Marthe dit qu'il faut la laisser faire, et pour le moment, personne ne sait où est Michel, personne ne sait qu'il a déserté.

— Mais qu'est-ce que tu crois ma fille, bien sûr que si, on le sait ! J'ai reçu un appel de la Gendarmerie en début d'après-midi, ils m'ont asticotée pour savoir si j'avais des nouvelles de Michel. Ils le cherchent, ils vont le trouver. Il sera bon pour le tribunal militaire et de la prison, de la vraie, celle dont on ne sort pas pour aller faire des ménages en ville… Je ne sais même pas s'il aura encore le droit d'être instituteur après ça !

Les gendarmes cherchaient Michel… Lily a pris le coup en plein plexus. Sa mère résistait pour ne pas tomber dans les bras d'Edmond, elle se recroquevillait sur le bras du seul fauteuil de l'appartement. Monsieur Leroyer a raclé sa gorge, tapoté l'avant-bras de sa mère. Lily n'a trouvé qu'un mot : pitoyable. C'est le moment que Pierre-Luc a choisi pour appeler. Il voulait que Lily vienne le soir même au Balto, il avait du nouveau. Lily a refusé, il a insisté. Lily a inventé une histoire de dîner de famille, Pierre-Luc a répliqué qu'il y avait plus important, que l'issue *de certaines choses* était en jeu et qu'il ne voulait pas croire qu'elle n'était qu'une écervelée qui avait parlé sans se rendre compte. La conversation durait. Lily piétinait dans ses mensonges. Excédée, sa mère lui a arraché l'appareil des mains et a crié :

— Vous ne comprenez pas ? Ma fille vous dit qu'elle n'est pas libre ce soir.

Et elle a raccroché.

Edmond a regardé Mme Leguen comme si elle était la Vierge, Lily a éclaté d'un rire trop haut perché. Sa mère ne voyait pas ce qu'il y avait de drôle. Le fou rire fendait le crâne déjà endolori de Lily d'éclairs de souffrance, mais elle ne pouvait pas s'arrêter. Edmond s'y est mis, constatant que si sa mère répondait comme ça à ses flirts, Lily n'était pas près de se marier. Mme Leguen a bredouillé que sa fille était bien trop jeune de toute façon, Edmond en a rajouté trois tonnes :

— C'est vrai, Lily est une toute jeune fille qui a une très jeune maman…

Le temps du badinage battait son plein, il était temps de les laisser. Lily en a profité pour sortir appeler Marthe d'une cabine téléphonique. Elle seule pourrait convaincre sa mère d'annuler ce rendez-vous pourri.

*

— Sa sœur emmanchée avec un mec qui pue l'OAS, sa mère scotchée avec un vendeur de télé qui a pas l'air d'avoir inventé les glaçons, il est mal barré, grand-tonton Michel. Je comprends qu'après tout ça il ait gardé ce regard triste… Ça relativise ton amour des autres, ce genre d'aventure.

— Tu exagères ! Ce vendeur de télé a rendu la mère de Lily heureuse. Ils ne se sont jamais mariés mais ils se sont aimés jusqu'au bout.

— Bon, OK, le vendeur de télé, admettons. Mais quand même, cette histoire de Pierre-Luc…

— Je te l'accorde, ce Pierre-Luc n'était pas un personnage très recommandable.

— Bon, alors Lily l'envoie péter, c'est simple.

— Rien n'est simple, Lor'. Et surtout pas dans ces périodes troubles. Rien n'est tout noir ou tout blanc, c'est ça qui est compliqué.

Mardi 26 mai 1961, Opéra

Pierre-Luc n'avait pas osé rappeler chez elle. Lily n'avait qu'une trouille, c'est de le voir débarquer devant l'Opéra à la fin des cours. Elle n'avait pas besoin de ça… Le concours approchait, la tension montait. Mlle Bellesjambes était plus sévère que jamais, il fallait que tous ses élèves soient parfaits, à croire que c'est elle qui allait être jugée. Depuis la scène avec Nicole, elle évitait de regarder Mme Piakova. Les élèves lançaient leurs jambes et leurs bras comme si de rien n'était, *et une… et deux… et trois…*

À la fin du cours, Jacques a demandé à Lily de rester, il avait une idée pour le pas de deux. Nicky leur a lancé un au revoir très gai ; elle n'a rien dit, mais Lily a compris qu'elle avait rendez-vous avec Dan. Elle espérait juste que Nicky savait jusqu'où aller. Jacques l'a tirée de ses rêveries :

— Regarde, je commence comme ça… tu enchaînes avec glissade, battement… et un et deux… renversé, reprise.

Jacques mimait chaque geste au ralenti, Lily le regardait, elle le trouvait beau, comme si c'était la première fois qu'elle le voyait. Il avait une grâce, quelque chose de naturellement parfait dans tous ces mouvements.

— … *cinquième*, *dégagé*… *tour en dehors*… *Développé seconde*, *rond de jambe*, *arabesque*. Et là, je te tiens, *penché*, tu touches le sol. Et hop, *pas courus* jusqu'au fond, *pas tombé*, *glissade*, *grand jeté* ! Je te rattrape, fluide, *porté poisson*, tu vois, comme ça. On va leur en mettre plein la vue !

Le rire de Lily le désarçonna.

— Tu crois qu'on ne peut pas y arriver ? On n'a pas beaucoup de temps, c'est vrai.

— Oh, en travaillant comme des brutes, on y arrivera. Mais tu es tellement…

— Tellement quoi ?

— Entier. Et têtu… Tu as pensé à une musique ? *Casse-noisettes ? Giselle ?*

Ce fut au tour de Jacques de rire.

— La cerise, c'est la musique ! Attends, je vais te la chanter. *Only you, you're the only thing I'll see forever…*

Lily pensa que son sourire devait irradier tout Paris à travers le toit de l'Opéra… elle a enchaîné à l'unisson :

— *In my eyes in my words and in everything I do, nothing else but you, ever… Maria…*

— *West Side Story, Tonight…* Mlle Bellesjambe ne voudra jamais qu'on présente un pas de deux là-dessus.

— J'ai mon arme secrète, j'ai mis Mme Piakova dans le coup ! Elle est d'accord, je crois que ça l'amuse. Sur le papier, on présente le pas de deux avec *Casse-noisettes*, et le jour du concours, elle joue *Tonight* : à nous *West Side Story*…

Tout le corps de Lily s'ouvrit, il se détendait comme il ne le faisait plus depuis des semaines. L'enthousiasme de Jacques la transportait. Elle oubliait tout, elle suivait le corps de Jacques. Ils enchaînaient les mouvements, en les marquant juste pour commencer, puis de plus en plus vite, jusqu'à être en phase avec la musique qu'ils chantonnaient en sourdine. Cette fois, la vie de Lily avait basculé dans autre chose, et elle ne le savait pas encore.

*

— Tu veux dire qu'un duo de danse peut suffire à changer ta vie ?

— Peut-être pas le duo, mais ce plaisir qu'on prend à le faire. Tu fais quelque chose avec une intensité, une évidence telle qu'en un instant tu comprends que ta place est là.

— Ça ne m'est jamais arrivé… Un peu comme un coup de foudre ?

— Oui, tu tombes en amour avec quelque chose. Pour Lily, c'était la danse moderne.

— Et toi, daddy, tu as eu le coup de foudre avec le ciné ?

— Avec la lumière pour être précis. Le jour où j'ai vu *La Belle et la Bête*…

— Le film en noir et blanc ?

— Oui, celui de Cocteau. Quand j'ai vu les scènes dans le château de la Bête, j'ai compris que c'était la lumière qui faisait le cinéma, qu'elle créait les émotions, les espaces… la vie.

*

En rentrant chez elle, Lily fredonnait des airs de la comédie musicale en sautillant sur le bord des trottoirs. Sur un kiosque, la une des journaux l'a décrochée de son nuage. Le voyage des Kennedy à Paris, un dictateur assassiné en Amérique du Sud, un spécial Alger dans le *Sonorama* du mois… Marthe avait raison, la vie n'était pas une comédie musicale. Un vent froid l'a surprise au coin de la rue ; elle avait à nouveau la sensation d'être suivie. Pierre-Luc ? Non, il la rejoindrait. Elle s'est retournée, personne. Si, une silhouette. Un homme. Il venait de tourner vers les arcades du Louvre. Comme l'autre fois. Sa dégaine rappelait vaguement quelqu'un à Lily, mais elle ne savait pas qui. Et si c'était la police qui l'espionnait pour savoir où était Michel ? Respirer. Lily a repensé aux mouvements répétés avec Jacques, l'air de *West Side Story* dans sa tête, elle s'est calmée. Michel qui désertait, le concours, Pierre-Luc qui la cherchait, ça faisait beaucoup. Pas étonnant qu'elle se mette à perdre pieds. Elle a repensé à Michel, à son rire quand elle lui racontait qu'elle avait envie d'une vie d'aventures, de voyages et de folies. S'il était là, il lui murmurerait en souriant : « L'aventure, c'est bien ce que tu voulais, ma Lily ! ». Si seulement Michel était là… Lily ne passa pas au Balto, Pierre-Luc y était sûrement.

Après le dîner, Lily s'est écroulée devant le téléviseur. Une émission y faisait ses premiers pas, *Âge tendre et tête de bois.* Eddy Mitchell et les « Chaussettes Noires » braillaient dans un micro, un peu comme si le juke-box du Balto était entré chez Lily. Si elle avait eu moins de soucis, ça l'aurait fait sourire. Le front barré d'une ride profonde, sa mère cousait l'ourlet d'une jupe. Le public en liesse demandait une deuxième chanson, le téléphone a sonné. Lily a sursauté. Sa mère a décroché, lâché un *je vous la passe* et lui a tendu l'appareil en lui faisant signe qu'elle était fatiguée de ces coups de fil.

— Alors ma danseuse, tu m'évites ? Pas sûr que tu sois prête pour changer le monde, *darling*… Gagner la guerre, ça n'attend pas le bon vouloir de mademoiselle. Putain, pourquoi tu ne m'as pas rappelé ?

Pierre-Luc ne lui a pas laissé le temps de répondre, il avait sa voix dure, celle que Lily n'aimait pas. Il serait le lendemain midi devant l'Opéra, si elle n'y était pas, il irait la chercher dans son cours et il ferait un scandale.

— Compris ?

Le claquement de l'appareil qui raccroche, son écho dans sa tête. Lily est restée un moment sans bouger, le combiné à la main.

Sa nuit a été horrible. Dès qu'elle s'endormait, un cauchemar la réveillait. Une fois c'est un tambour géant qui ouvrait une fanfare et marchait sur sa mère, sur sa tante Élise – ma mère – et sur Mme Simonot. Il les ratatinait pendant que Mame Marthe chantait la Marseillaise à tue-tête. Ensuite, Lily se retrouvait sur la plage de La Baule, seule, elle avait cinq ou six ans. Le seau à glace que sa mère ne sortait que les jours de fête à la main, elle pleurait de rage devant l'océan qui reculait au fur à mesure qu'elle s'en approchait pour le vider.

Elle avait dû crier, sa mère est venue la voir. Elle a touché son front, Lily était en sueur.

— Tu as de la fièvre, on fera venir le docteur demain.

— Je dois aller répéter.

— Tu iras l'après-midi, si le docteur le permet. Quand on est malade, il faut se soigner. Essaie de dormir maintenant.

Les lumières des bords de Seine balayaient le plafond. Lily tanguait entre sommeil et nausée.

Le lendemain matin, Lily se sentait mieux. Elle a convaincu sa mère de ne pas appeler le docteur, elle n'avait plus de fièvre, elle irait à l'Opéra en fin de matinée. Mme Leguen a hésité, mais une nuée de clients a envahi la boutique, elle n'a pas insisté.

Fin mai 1961, aux alentours d'Alger

Rien à foutre. Rien. Les jours sont longs à attendre. Je suis hors du temps, hors de tout. Et je me mets à aimer ça. Comme une douceur de vivre dans cette casbah de pierres sèches, malgré la guerre, malgré tout. Leïla a bien compris, elle. Quel âge a-t-elle ? Soixante-dix, quatre-vingts ans ? Difficile à dire. Sa peau est ramassée comme un parchemin. Elle prend trois bouts de légumes, une poignée de semoule, et elle fait un festin. Je la regarde choisir les épices, servir le thé. Chaque geste est un moment suspendu. Je sais quelques mots d'arabe maintenant, j'aimerais pouvoir lui dire que je la trouve belle. J'aimerais lire leur poésie. Le désert n'est pas loin. Je veux me fondre dans ses nuits immenses. Dans le ciel piqué d'éclats d'étoiles. Je n'ai jamais vu de ciel aussi dense en France. Si je rentre un jour, les étoiles me manqueront.

J'aurais pu réfléchir un peu, j'aurais attendu une permission pour déserter, je n'aurais jamais rejoint le régiment, et voilà tout. C'était bien plus simple. Mais je fais tout de travers depuis que je suis ici. Comme un gosse lancé dans un jeu de quilles trop grand pour lui.

Yassim vient avec moi. Il est décidé. Il veut voir la Tour Eiffel, découvrir la Rive Gauche, les chanteurs engagés, les clubs de jazz. Je l'ai tellement fait rêver… Qu'est-ce qui l'attend là-bas ? Qu'est-ce qui m'attend ? Lui et moi, on trahit. Désertion, cinq ans de prison. Au cul, la patrie.

Patrie, papa, père. Trahir la France, c'est trahir mon père ? Et Yassim, qui trahit deux fois…

Il ne me dit rien, je suis sûr qu'il a contacté le FLN. S'il réussit à avoir de faux papiers, ce sera grâce à ces fellouzes qu'on combattait il y a quelques jours. C'est à mourir de rire. À pleurer. L'avion, le bateau, par Marseille, par l'Espagne, n'importe comment, mais il faut qu'on se taille d'ici. On passe à Paris, je rassure maman, Lily, tout le monde. J'embarque Claire, si elle veut bien me suivre dans ma vie de nomade exilé, et je passe la frontière. Direction la Suisse. Alban me trouvera bien un trou pour me faire oublier, le temps que cet orage passe.

Mercredi 27 mai 1961, place de l'Opéra

Lily est allée au rendez-vous de Pierre-Luc. Elle lui a expliqué que les choses avaient changé. Elle ne pouvait pas lui avouer que son frère avait déserté. Elle lui a raconté que des gens de sa famille s'occupaient de Michel, qu'il allait sortir de prison et que tout rentrerait dans l'ordre. Pierre-Luc a ricané.

— Trop facile, *darling*. Tu as promis, j'ai parlé de toi, tu fais partie du plan maintenant.

— Je n'ai rien promis du tout ! Tu m'agaces avec tes airs de comploteur, laisse-moi tranquille.

Pierre-Luc l'a attrapée par le bras, l'a attirée contre lui. Il l'a serrée trop fort, à la limite de la douleur. Lily sentait son haleine sur son front.

— Je ne te lâcherai plus. Ils comptent sur moi, et moi sur toi. Ce sera un jour de la semaine prochaine, je te dirai tout au fur à mesure, tu n'as pas besoin d'en savoir plus.

— Comment ça, je n'ai pas besoin d'en savoir plus ? Tu me prends pour une idiote ? Tu m'entraînes de force et je ne peux même pas savoir où ? Non, je ne veux plus te voir ni entendre parler de toi. Laisse-moi je te dis, il faut que j'aille en cours.

Un nuage triste est passé dans les yeux de Pierre-Luc, mais il s'est ressaisi aussitôt et a retrouvé ce ricanement qui était nouveau chez lui. Un ricanement forcé, comme un rôle mal joué.

— Vas-y, pars. Je te retrouverai. Le magasin de ta mère, tes cours, je connais tout de toi.

Un goût amer a envahi la bouche de Lily. Elle s'est dégagée de son étreinte.

Il l'a retenue d'un geste plus doux, l'a rassurée :

— Ce ne sera pas grand-chose, un colis à porter à une adresse que je te donnerai au dernier moment, c'est tout. Tu peux faire ça pour moi. J'ai besoin que tu le fasses. Ils me prendraient pour un rigolo si tu me lâchais...

Lily l'a repoussé, elle a balancé ses cheveux en arrière. Elle aurait voulu lui dire que la guerre n'était pas un jeu d'enfant. Elle n'a rien dit. Elle a traversé l'avenue sans se retourner.

Elle a essayé de ne pas entendre le *à bientôt* que Pierre-Luc lui a lancé en riant. Elle a monté les escaliers de l'Opéra, elle courait presque. Elle voulait s'envoler, disparaître. Elle voulait danser. Danser, danser, danser.

*

Nino suivait Pierre-Luc. Caché dans l'escalier de descente du métro, il avait tout observé de loin. Il avait suivi Lily, il se demandait pourquoi elle était arrivée si tard à l'Opéra, pourquoi elle avait raté son cours du matin. Il l'avait vue rejoindre ce garçon. Il le détestait. Quand le garçon avait attrapé le bras de Lily, Nino avait vu le corps de son amour se figer, il avait lu la peur dans cette tension de son dos, de sa nuque. Il aurait donné tout ce qu'il possédait, ses carnets et son chat, pour savoir de quoi ils parlaient. Il suivait ce garçon, il voulait comprendre. Il serait toujours là pour sa Lily, jusqu'au bout de tous les quais du monde, il la protégerait.

À travers mers et déserts,
toujours je te protégerai…

*

— Je comprends pas, daddy, ce mec me fout des frissons…

Mercredi 27 mai 1961, chez Lily

Quai de la Mégisserie, Mme Leguen était dans tous ses états.

— Ils ont arrêté Monsieur Taleb !

Elle mettait le couvert, les couteaux et les fourchettes atterrissaient de travers.

— Je lui portais tes sandales, je suis tombée sur un tas de policiers, des gendarmes, je ne sais pas trop. Ils le traînaient, ils l'ont emmené. Les voisins m'ont dit qu'ils *les* emmenaient souvent au centre de Vincennes.

Lily s'est laissée tomber sur une chaise. Monsieur Taleb, arrêté ? Qu'est-ce qu'ils pouvaient bien lui vouloir ? Survoltée, sa mère a enchaîné :

— Arrêter ce brave homme, on n'a pas idée. Mais dans quel monde de fous vit-on ? Il est Arabe, c'est son seul défaut.

— Maman…

— Oh tu sais très bien ce que je veux dire, c'est la seule chose qu'on peut lui reprocher. Mais c'est ridicule, il ne ferait pas de mal à une mouche. La boulangère m'a dit qu'on le soupçonnait de faire partie du FLN. Monsieur Taleb, un cordonnier, à son âge, poseur de bombes, tu imagines ça ? C'est ridicule. Ridicule.

Mme Leguen répétait le mot *ridicule* comme si cela pouvait changer quelque chose. Lily pensa qu'elle aussi était ridicule à tout confondre, les Arabes, les Algériens, le FLN et les poseurs de bombes de l'OAS. Depuis qu'elle avait discuté avec moi et qu'elle lisait les journaux, Lily comprenait mieux ce qui se passait. Et elle ne voyait pas le rôle que pouvait avoir Monsieur Taleb là-dedans.

— Tu lui as parlé ?

— Non, comment veux-tu ? Il était menotté, tu te rends compte, quelle honte, mais quelle honte…

Penchée sur l'évier, sa mère tranchait la queue des radis à grands coups de couteau, il n'en resterait pas grand-chose, tant mieux, Lily détestait ça.

— Menotté, un si brave homme…

Lily a laissé sa mère ruminer. Elle s'est demandé qui allait s'occuper de ses chaussons maintenant, Monsieur Taleb savait mieux que personne les détendre quand ils étaient trop serrés, et Lily ne lui avait pas encore porté ceux du concours… Elle a eu honte de penser à ces bêtises pendant que cet homme était en prison, interrogé, malmené peut-être. Elle étirerait elle-même ses chaussons, ce serait moins bien, elle aurait mal. Tout s'effilochait autour d'elle. Elle avait besoin qu'on lui dise que tout allait s'arranger. Elle sortit appeler Marthe.

Mercredi 27 mai 1961, sur les quais

La cabine téléphonique était à quelques pas de la boutique. À l'intérieur, un homme faisait de grands gestes avec ses mains. Lily a regardé les oiseaux piquer sur l'eau de la Seine. Il faisait encore tellement froid... Est-ce que le printemps arriverait un jour ? Quand Michel était là, ils se remplissaient les poches de bouts de pain pour les lancer aux mouettes, elles criaient en se jetant dessus avant que les miettes ne sombrent. C'était leurs bouffées de vacances, un air de Baule en plein Paris. Une femme se dirigeait vers la boutique, elle était pressée. Une envie subite de graines pour ses canaris ? Elle s'approchait. Son imperméable lui battait les genoux, elle avait un air... Claire ! Elle passait devant Lily sans la voir. Lily l'a appelée, elle s'est retournée.

— Tu es là ? Je te cherchais.

Elle a regardé à droite, à gauche. L'homme est sorti de la cabine, il les a balayées des yeux sans les voir. Claire a pris le bras de Lily.

— Viens, suis-moi.

Elles ont dévalé les bords de Seine. L'air s'engouffrait sous les ponts, il les glaçait. Personne ne s'aventurait dans ces passages sales et froids, que quelques clochards. Claire a fini par s'arrêter. Elle a repris son souffle contre un pilier.

— Yassim est chez moi.

D'abord, l'information n'a fait aucun écho dans le cerveau

de Lily. Yassim ? Puis un rideau s'est déchiré. Si Yassim était ici, il y était avec Michel ! Lily s'est étranglée :

— Michel est ici, à Paris ?

— Pas Michel, Yassim, son ami de là-bas. Il a pris l'avion, il est arrivé hier.

Le cœur de Lily a fait un saut périlleux arrière. La main glacée de Claire a lâché son bras.

— Michel doit le rejoindre dans quelques jours, par bateau. Il ne peut pas venir chez moi, c'est trop risqué. Yassim ne peut pas rester non plus. Il faut lui trouver une autre planque. Avec la police qui arrête tous les Algériens de Paris, je ne vois pas où il pourrait se cacher. Tu as une idée ?

Une idée ? Mais comment voulait-elle que Lily ait une idée ? Chez sa mère, hors de question, c'était bien le premier endroit où la Police chercherait. Elle ne se voyait pas demander à Nicky d'héberger un Arabe chez ses parents… À l'Opéra ? Le bâtiment était tellement grand, il devait y avoir pas mal de pièces inutilisées. Les coulisses ? Mais avec le concours qui approchait, trop de monde allait s'y croiser. Les sous-sols… Les petits rats avaient tous grandi dans ces légendes des souterrains sous l'Opéra, de son lac secret. Jacques savait peut-être. Et Marthe ? Elle ne l'avait pas recontactée, elle n'avait pas trouvé de solution. Quand elle allait apprendre que Yassim était en France, que Michel allait rentrer et se mettre en danger, elle serait furax, c'est sûr. Mieux valait creuser du côté de Jacques et des sous-sols de l'Opéra. En même temps, il faudrait bien que Lily avertisse Marthe et ses réseaux.

Lily a levé le col de son manteau jusque sous le menton pour se protéger du froid.

— J'ai une piste, il faut que je vérifie. Yassim peut encore dormir chez toi ce soir ?

Claire lui a fait signe que oui, Lily lui a promis de l'appeler le lendemain soir avec une réponse. Cette fois, la guerre était vraiment arrivée jusqu'à elle. Elle aurait pu accepter la mission de Pierre-Luc, c'est Yassim qu'elle a choisi d'aider. Il était l'ami de son frère.

*

— … et il était plutôt beau gosse, je suis sûre. Ça aide !

— Non Lor', Lily ne l'avait encore jamais vu, elle ne pouvait pas savoir. Elle commençait à discerner ce qui lui semblait bien et ce qui était mal. Elle grandissait.

— Admettons. Mais je te parie mon abonnement de portable du trimestre que si ce mec est moche, elle ne va pas s'en préoccuper plus que ça.

— Pari tenu. Et comment tu vivras, sans portable pendant trois mois ?

— On ne vit pas sans portable, dad, on hiberne. Mais t'es pas comme ça… Et puis c'est triché, j'aurais pas dû parier, tu connais l'histoire, pas moi.

— Allez, on oublie ton histoire de portable et on retourne à celle de Lily.

Jeudi 28 mai, place du Châtelet

Les Kennedy à Paris… Les journaux étaient pleins de photos de ce couple si jeune, si beau. De vraies vedettes de cinéma… Le monde s'écroulait, ils continuaient de sourire aux photographes.

Le garçon a posé un café devant Lily, Marthe avait commandé un cognac. Son coiffeur lui avait coloré les cheveux d'une couleur qui balançait entre le mauve et le lilas, c'était étrange, mais ça lui allait plutôt bien. Marthe s'inquiétait, elle trouvait Lily pâle. Mais Lily n'était pas venue la retrouver dans ce bar pour parler de sa santé. Yassim était un ami de Michel, il l'avait aidé à se cacher, c'était à elle aujourd'hui de le secourir.

— Ton Yassim doit avoir des connexions avec le FLN, je ne comprends pas qu'il ne sache pas où se planquer. Sans doute ils ne lui font pas confiance, après tout, il était soldat du côté français il n'y a pas si longtemps… Je vais chercher, mais ton idée de sous-sol de l'Opéra, ça peut marcher. Pour Michel, il n'en sait rien, mais je le suis pas à pas. Les camarades veillent sur lui. Je sais qu'il a des papiers maintenant, il peut quitter l'Algérie, mais il n'en fait qu'à sa tête celui-là, comme son père…

— Papa était têtu ?

— Ça, pour être têtu… Michel veut absolument passer par Paris. À Alger, les camarades lui ont trouvé un point de chute en Italie, de là il pourrait passer en Suisse où on a des tas de camarades.

— Tu parles sans arrêt de « camarades » ? Tu veux dire tes copains d'école ? Je ne comprends rien, Mame Marthe.

Marthe a regardé la jeune fille derrière son verre. Un gros verre ventru qui la transformait en cyclope tout-puissant.

— Tu en as des choses à apprendre, ma Lily… Ta mère ne t'a jamais parlé de la guerre, celle contre les Nazis ? De la famille de tes grands-parents, en Bretagne ? Celle que ton père n'allait jamais voir ?

— Non. Quand je lui demande de me parler de papa, elle me dit que c'était l'homme le plus doux et le plus merveilleux de la terre. Avec ça…

Marthe a pris une grande goulée d'air, elle a bu son cognac cul sec et a fait signe au garçon d'en servir deux autres.

— Elle a raison, Ronan était le plus doux des hommes. Si doux qu'il n'a pas supporté la guerre, les tueries. Sur la presqu'île, au début, les gens n'ont pas cru à la guerre. On vivait tellement loin de tout, pourquoi on aurait été concernés ? Mais nous, la famille, on savait. Le parti nous tenait au courant. La machine à tuer était en route.

— Le parti ? Quel parti ?

— Le parti communiste, ma fille.

Marthe a pris le temps d'allumer une de ces cigarettes papier maïs qui s'éteignaient sans arrêt et qui lui faisaient fermer un œil quand elle tirait dessus.

— Même ça, ta mère ne t'en a pas parlé ? Dans la famille,

c'est venu par les femmes figure-toi. Elles ont adhéré au parti pendant les grandes grèves des sardinières dès 1924. Ceux qui n'avaient pas encore leur carte l'ont prise en 1936, l'année des manifestations pour les congés payés. En 1939, quand la France a capitulé, quand les députés communistes ont été arrêtés, on a compris que la guerre nous avait tous rattrapés. Ton père avait vingt-et-un ans, presque l'âge de Michel aujourd'hui… Il est revenu de quelques semaines sur le front avec un éclat de mitraille dans le bide, et le souvenir de ceux qu'il avait vu mourir autour de lui, ou en face. Ami ou ennemi, un cadavre, ça reste un cadavre. Il était d'un sombre… J'avais de la peine pour lui. Je le revoyais, enfant, touiller la confiture pour qu'elle fasse plus vite cette écume de sucre qu'il aimait tant. Je n'étais pas douée avec les enfants, tu sais, je vivais seule, et j'aimais pas qu'on m'emmerde. Tous ces neveux, ces nièces, qui s'agitaient pendant les repas de famille, très peu pour moi. Mais Ronan, c'était pas pareil. Il venait me voir dès qu'il pouvait. Il avait toujours un livre à la main. Chez moi, il avait la paix, il pouvait lire tout son content. Après, il m'aidait à ramasser les pommes ou à remettre les voiles des bateaux de pêche en état, un boulot que je faisais pour ne pas crever de faim, mais qui me mettait les mains en charpies. Quand les oncles, les cousins, se sont mis à prendre leurs bateaux pour faire traverser les résistants jusqu'en Angleterre, Ronan a reçu son admission dans son école d'ingénieur. Son père lui a dit de laisser tomber *cette connerie*, c'est comme ça qu'il a appelé cette école que Ronan voulait tant, il avait travaillé comme un acharné pour y entrer. Il y a eu des mots. Des mots comme des couteaux lancés trop vite. Trop près du cœur des choses. Une nuit, Ronan est passé me voir. Il m'a tendu sa carte du Parti pour que je la rende. Il m'a dit qu'il ne voulait pas démériter, qu'il ne désertait pas le combat. Mais il savait qu'on ne le comprendrait pas. Rentrer dans cette école, construire des ponts un jour, c'était sa façon à lui de se battre pour une société plus juste, il n'avait sa place ni sur les bateaux de passeurs ni un fusil à la main, il serait un poids inutile. Et puis il y avait ta mère, il allait la rejoindre. Il m'a embrassée, lui qui n'embrassait jamais personne, et il est parti. Il avait bien vu. Personne ne lui a pardonné. Plus personne n'a voulu le recevoir dans la famille. On l'a traité de traître, j'en avais le cœur révulsé. Ma Bretagne que j'aimais tant a pris le goût amer des mésententes. Je suis venue m'installer à Paris, j'y ai revu ton père. On n'a jamais reparlé de tout ça. Les camarades, Lily, ce sont ceux qui se battent pour un monde plus juste. Ceux qui ont pris les armes quand le pays s'est déculotté devant les Nazis, ceux qui aujourd'hui aident les Algériens qui veulent une Algérie libre. Des communistes.

Le serveur a posé deux verres d'alcool devant elles. Le soleil se noyait en reflets dorés dans les cognacs. Ce que Lily venait d'entendre la faisait tanguer.

— Papa n'a pas pris les armes, il n'était pas un *camarade*.

— Ton père était autre chose. C'était un rêveur au grand

cœur, un utopiste. Il en faut aussi. Mais cette histoire lui a rongé le cœur, jusqu'au plus profond. Quand ton frère est né, il a douté de sa capacité à être père. Comment construire des valeurs pour son fils quand on a été renié par son propre père ? La maladie s'est installée en lui comme le salpêtre dans les maisons battues par les embruns. Ça a mis quelques années à peine. Il en est mort.

Marthe a poussé un verre vers Lily et levé le sien.

— À la tienne, *yec'hed mat* comme on dit chez nous. Et même si cette histoire de Staline me titille gravement la couenne, les camarades, ça reste ma famille. La seule.

Lily a avalé une gorgée de cognac, il lui a brûlé la gorge. Comment pouvait-on croire connaître une personne et ignorer tant de choses sur elle ? Marthe a posé son regard d'azur sur la salle, elle s'est penchée vers Lily et a repris à voix basse.

— Pour ce qui est de ton frère, les camarades s'en occupent, ne t'en fais pas. Demande à ton Jacques pour les sous-sols et l'Opéra, tiens-moi au courant. Tu m'annonceras juste *le fantôme est bien logé*, je comprendrai. Il ne faut rien dire au téléphone, jamais, on peut être sur écoute. Tu fais attention à ne pas être suivie, tu ne dis rien à ta mère, quelle pipelette, celle-là… Je te contacte quand j'ai du nouveau. Tu ne danses pas aujourd'hui ?

— On est jeudi, Mame Marthe.

— C'est vrai, j'oublie tout le temps. Dis, tu ne crois pas que l'âge des *Mame* Marthe est passé ?

Marthe lui a fait un clin d'œil.

— De femme à femme, maintenant.

Lily a fini son verre d'un trait en grimaçant.

Yec'hed mat Marthe !

*

Nino avait suivi le garçon jusqu'aux portes d'un bar un peu louche, un café rempli d'hommes trop sérieux pour être heureux. Il l'avait attendu longtemps. Quand il était ressorti, le garçon portait un paquet sous son bras. Deux hommes l'ont regardé partir, Nino s'était approché assez pour les entendre parler. Quand le garçon est monté sur sa moto, l'un des deux hommes a dit à l'autre que les dés étaient jetés, qu'il n'était pas sûr d'avoir eu raison de faire confiance à ce gringalet, mais qu'après tout, ce Pierre-Luc était d'une famille de gradés, qu'il fallait lui laisser une chance, de toute façon, un mort de plus ou de moins… Pierre-Luc… Nino ne comprenait pas ce que Lily avait à voir avec cette racaille. Mais il en était sûr, plus que jamais, il devait la protéger, rien de bon ne pouvait lui arriver avec ces types-là.

Jeudi 28 mai, plus tard, aux Tuileries

Lily avait menti à Jacques. Elle lui avait demandé de la rejoindre pour répéter leur pas de deux. Ils avaient rendez-vous aux Tuileries. Il faisait moins froid ce jour-là. Lily attendait, assise sur un banc. Près d'elle, des enfants jouaient à la toupie.

Jacques est arrivé en retard, essoufflé.

— Je suis passé récupérer la clef.

Devant l'air ahuri de Lily, Jacques était plutôt content de son effet.

— Ben oui ma vieille, pendant que tu t'amuses avec ta copine dans les bars de la rive gauche, moi, je trouve des solutions.

Lily ne lui a pas demandé comment il savait, pour le Balto, Nicky avait dû parler trop vite, encore une fois. Jacques lui a montré une clef ridiculement petite.

— La clef du paradis. Avec ça, on répète quand on veut. À nous l'Opéra !

— Tu plaisantes ? Comment tu l'as eue ?

— Ça, c'est le secret *number one*… On y va ?

Lily a fait mine d'hésiter, Jacques ne pourrait pas taire son secret très longtemps.

— Je ne sais pas. Je me sens un peu fatiguée tout compte fait…

— Bon, OK, OK, de toute façon, tu sais bien que je ne

peux rien te cacher. Mais là, je veux un silence total. Ni Nicky, ni même ton frère quand il reviendra ne doivent le savoir. Tu jures !

Lily a juré, solennellement. Jacques ne pouvait pas imaginer à quel point cette histoire de clef tombait bien… Elle voulait tout savoir. Jacques lui a raconté comment, depuis quelque temps, il était devenu proche de Mme Piakova. Elle avait trouvé drôle de changer de musique au dernier moment pour surprendre le jury, mais au-delà de ça, elle s'était prise d'amitié pour lui. Ils avaient en commun cette sensation d'être différents, incompris. Comme Jacques, elle aimait la danse par-dessus tout, et la musique, toutes les musiques, pas seulement les morceaux semi-improvisés qu'elle jouait pour les faire travailler. Lily entendait les hésitations de Jacques, les blancs entre deux phrases. Il ne lui disait pas tout. Secret pour secret, elle en a profité pour lui parler de Yassim, un ami de son frère, un déserteur qui cherchait un endroit où loger quelques jours.

— Toi qui sais tout sur l'Opéra, c'est vrai qu'il y a un lac dessous, et des salles plus grandes que des cathédrales ?

Jacques a souri, il s'amusait avec Lily comme un chat avec sa proie.

— Plus grandes, Lily, bien plus grandes… Mais je ne suis pas sûr que ce soit une bonne idée, ton Yassim pourrait s'y perdre.

Il a fait trois pas devant Lily et a mimé un funambule sur sa corde.

— Et il y a des dangers… Des précipices à traverser, des grottes à explorer.

Il a accéléré, Lily l'a rattrapé et s'est planté devant lui.

— Ne ris pas, c'est grave. Yassim risque sa vie !

— OK, OK, j'arrête de faire le pitre.

Jacques a enfoncé les mains dans ses poches et a marché près d'elle.

— Ces événements d'Algérie, moi, tu sais, je n'y comprends rien. Entre ceux qui disent qu'il faut que la France reste en Algérie et ceux qui soutiennent les Algériens qui veulent virer les Français, je pencherais plutôt pour ceux qui réclament leur liberté, mais je ne suis sûr de rien.

Il s'est tu, a donné de grands coups de pied qui ont soulevé des nuages de poussière.

— Allez, tope-la, je vais l'aider, ton Yassim. Et puis ça m'amuse d'aller fouiller les entrailles de l'Opéra.

Lily lui a sauté au cou, elle savait qu'elle pouvait compter sur lui. Elle l'a appelé *Jacques l'intrépide* et lui a pris le bras.

— Mais on répétera notre pas de deux, promets-moi ?

Lily a promis. Jacques a glissé son bras sous le sien.

— Dis-moi, Lily, ton Yassim, il est comment ? Il a de beaux yeux ?

*

— Je voyais bien marraine avec ce Jacques, pof, raté. Il préfère les garçons.

— Plus tard, il a rencontré un sculpteur. Il vit toujours avec lui.

— Et il est resté copain avec Lily ?

— Toujours. Ils ont dansé ensemble des ballets magnifiques. Tu les aurais vus quand ils étaient plus jeunes, on aurait dit qu'ils ne faisaient qu'un, c'était d'un beau… Mais on va trop vite, là. Tu veux un dessert ? Un *gulab jramun*, un sorbet à la rose ?

— Non, rien. Prends un mystère, je t'en piquerai un peu. Ou si, un *gulab jramun.* On en était à cacher Yassim dans le lac secret de l'Opéra…

Jeudi 28 mai, le soir à l'Opéra

Yassim devait les rejoindre à l'arrière de l'Opéra une fois la nuit tombée. Lily avait prétexté une sortie chez Nicole pour sortir de chez elle. Elle s'était dit qu'il y avait peu de risque que Nicky appelle chez elle justement ce soir-là, elle passait tout son temps avec *son* Dan. Lily avait bien regardé en venant, personne ne l'avait suivie. La guerre, ça rendait paranoïaque. En approchant de Jacques, elle a senti un parfum inhabituel, une odeur de bois et d'humus de forêt. Elle a humé son cou, l'a embrassé.

— J'aime bien.

Jacques a rougi.

— Vrai ? C'est un nouveau parfum, j'en suis fou.

Yassim est arrivé, son pas était large, il portait un sac de marin sur l'épaule. Il était plus grand que Lily ne l'avait imaginé. Comme convenu, Lily l'a reconnu à l'exemplaire de *La Peste* qu'il tenait à la main. Il avait l'air empêtré dans son blouson de laine, mais il était plutôt beau. Jacques a sifflé d'admiration. Les présentations ont été rapides, Yassim a serré Lily contre lui plus fort qu'il n'aurait dû. Jacques les a entraînés vers une porte planquée derrière la rampe de l'empereur.

— J'ai pris des lampes de poche, tenez. Vous ne les allumez que quand je vous le dis. Il ne faudrait pas que le gardien se ramène.

Jacques a refermé la porte derrière eux. Le noir les a absorbés. Ils ont suivi un dédale de couloirs en touchant les murs bord à bord des deux mains. Lily regrettait de ne pas avoir un fil à laisser courir pour retrouver la sortie, elle a croisé les doigts en espérant que Jacques savait ce qu'il faisait.

— Je ne suis venu qu'une fois de nuit. Et je ne suis pas allé partout. Mais je sais où il est.

— Le lac ? Il existe vraiment ?

Jacques n'a pas répondu. Il est resté un instant aux aguets puis il les a autorisés à allumer leur lampe. Yassim leur a montré comment la tenir, le faisceau vers le sol.

— C'est moins risqué.

Sa façon de prononcer le français donnait à sa voix la couleur du soleil, un désir de vacances. Lily revoyait ses livres d'école avec ces dunes de sable, les oasis, les petites maisons de terre sèche… Un pays si éloigné de tout ce qu'elle connaissait. Yassim lui a tendu la main. Lily ne la lui a pas donnée.

Jacques a éclairé un passage plus étroit.

— Par là, on descend dans les sous-sols. Il faut aller jusqu'au 5e sous-sol pour le trouver.

Ils avançaient sans parler. Dans la pénombre, Lily redevenait l'enfant que Michel faisait rêver en lui racontant des histoires de trésors enfouis sous les eaux. Ils descendaient d'étage en étage. Enfin, une porte qui avait dû être peinte en rouge il y a très longtemps de ça annonçait *5e sous-sol.*

Jacques a fait passer Lily devant lui :

— À toi l'honneur !

Sa voix résonnait en échos sur les murs de pierre. Plus d'escalier ni de couloir, mais une bête échelle d'acier. Lily s'est accroupie, elle a glissé son pied sur un barreau. Jacques a soufflé :

— Ne fais pas l'andouille, pas d'entorse ni de chute, on a notre pas de deux à danser…

Lily a étouffé un rire, Jacques ne perdait jamais le nord, la danse avant tout.

L'échelle ne faisait que deux ou trois mètres. Lily a atterri dans une salle voûtée, sa tête effleurait le plafond. Ses pas, sa respiration, tout résonnait dans cet espace, comme si la pierre respirait. De l'eau tombait en goutte à goutte au pied des parois. Il faisait un peu trop frais.

— Pas vraiment un paysage de lac de montagne…

— Regarde !

Jacques a dirigé le faisceau de sa torche vers un vaste trou à leurs pieds. On pouvait y entrer par une nouvelle échelle. Lily s'en est approchée.

— Tu as pris ton maillot ?

Jacques a lancé un bout de béton dans le trou, il est tombé dans ce qui devait être un puits sans fond.

— Le voilà, ton lac. On est exactement sous la scène de l'Opéra. L'architecte a construit cette cuve de béton et l'a remplie d'eau pour éviter que son bâtiment ne soit aspiré par les marécages. Je suis désolé, Lily, il n'y a ni lac ni fantôme dans l'Opéra, que des petits rats qui dansent au-dessus d'un réservoir d'eau sans le savoir.

Yassim s'est assis près du trou. Il a observé les voûtes et leurs petites pierres alignées avant de sortir un sac en papier de son sac.

— Lutter contre l'eau par l'eau, c'est vraiment astucieux. Ce constructeur devait être un grand malin.

Lily a pris un fruit dans le sac que lui tendait Yassim, une sorte d'abricot allongé, confit, très sucré et collant.

— Tu peux manger, ce sont des dattes de chez moi.

Elle a mangé le fruit, le sucre a envahi sa bouche, puis quelque chose de piquant, comme un os de lapin, s'est fiché dans sa gorge. Ses yeux se sont remplis de larmes, elle s'étouffait ! Yassim et Jacques lui ont tapé dans le dos, elle a fini par cracher le noyau. Yassim en bégayait :

— Je ne sa-a-vais pas… Mille pardons, Lily, pardon…

Il en faisait beaucoup trop, Jacques a échangé un regard avec Lily, un grand fou rire les a pris. Rassuré, Yassim a ri avec eux. Ils faisaient un barouf à faire tomber les murs. S'il y avait un gardien dans ce coin de l'Opéra, soit il était sourd, soit il était mort.

Ils sont restés là longtemps à parler en mangeant les dattes. Leurs lampes posées entre leurs genoux, ils crachaient les noyaux dans la cuve d'eau à leurs pieds. Ils ont discuté de l'Algérie, de Michel qui allait pouvoir revenir bientôt, des déserteurs qui devaient s'exiler ou aller en prison, de leurs jeunes années qui filaient dans le doute et le malheur quand ils auraient pu vivre insouciants comme on devait l'être à vingt ans… Au début, Yassim ne causait pas beaucoup, mais Jacques lui a posé des tas de questions, Lily l'encourageait. La parole est venue, en pointillé, sur le bruit des gouttes qui suintaient des pierres, sur les échos de leurs voix mêlées. Lily ne retrouvait pas son frère, elle le découvrait autre. Son grand frère, celui qui la protégeait, qui lui apprenait tout depuis toujours, pouvait aussi être ce garçon paumé dans un pays aux coutumes si différentes des leurs, un homme pas si loin de l'enfance engoncé dans son costume de soldat, pris entre le sens du devoir et celui du respect de l'humain. L'humain avait pris le dessus, Michel avait sauté du camion.

Yassim est devenu bavard quand il leur a raconté comment il avait été heureux quand il avait su que Michel avait déserté. Lui avait rejoint le FLN quelques jours avant que Michel ne déserte. Yassim avait d'abord fait le choix de servir la France, de défendre la République. Mais à un moment il n'a plus pu. Trop d'horreurs infligées à son peuple au nom d'une *pacification* qui n'était qu'une façon de cacher une guerre dégueulasse. Si Michel n'avait pas déserté, ils auraient été chacun d'un côté d'une ligne infranchissable, leur amitié aurait fait naufrage. Et Yassim en aurait été triste sa vie entière.

Ils ont convenu que Yassim resterait caché dans un recoin des sous-sols de l'Opéra en attendant de savoir comment rejoindre la Suisse. Lily resterait en contact avec Claire, qui irait chercher les messages du FLN pour Yassim où elle savait. Aucun d'entre eux ne connaîtrait la totalité du plan, c'était mieux comme ça.

Vers minuit, Lily menaçait de redevenir citrouille, sa mère devait commencer à se ronger les sangs. Yassim l'a prise dans ses bras, il lui a souri. Le souvenir du sourire de son père est revenu comme un boomerang dans la mémoire de Lily. Elle a eu un hoquet.

— Un noyau ? s'est inquiété Yassim.

Lily l'a rassuré, elle s'est blottie contre lui. Cette fois, elle en était sûre, Yassim était un vrai ami de son frère. Et les amis de son frère étaient ses amis.

En sortant, Jacques l'a attrapée par la taille. Il a pris une grande respiration, comme s'il devait sauter du grand plongeoir.

— Hume ça… Le printemps est enfin là, on le sent arriver.

Le ciel de Paris, lavé des lumières de la ville, se jouait de gros nuages orangés sur le bleu profond de la nuit. Sur le toit de l'Opéra, près de la grande coupole, une silhouette, une ombre, est passée. Le temps que Lily la montre à Jacques, elle avait disparu.

*

Cet homme… Nino se demandait pourquoi ils l'avaient caché, ici, dans le ventre de son Opéra. Depuis, Nino le surveillait, il faisait le guet. Au petit matin, l'homme sortait parfois. Il revenait à la nuit tombée. Des jours que ça durait. Un homme caché, un autre qui menaçait Lily… Qu'est-ce qui se passait ? Lily, sa Lily était mêlée à une affreuse histoire, Nino en était sûr désormais.

Il n'avait pas dormi. Depuis que l'homme était terré là, l'ouvrier avait le souffle coupé. Une respiration sur deux gommée, le cœur en pointillé.

Un soir de début juin, entre les quais et l'Opéra

C'est un soir, après le dîner, que Pierre-Luc a réussi à piéger Lily. Elle avait prétexté un ciné avec Nicky, toujours Nicky, et elle était sortie porter de quoi lire à Yassim. Elle puisait dans la bibliothèque de Michel. Elle avait hésité entre deux romans, avait fini par prendre les deux et avait même ajouté *La Question*.

Son sac en bandoulière, Lily avait pris le métro pour aller plus vite. Elle avait jusqu'à onze heures, fin de la séance de cinéma alibi, et elle voulait garder du temps pour parler avec Yassim. Avec lui, le monde de Lily s'ouvrait, il devenait plus vaste. Elle aimait l'entendre raconter des paysages, des gens, des façons de vivre, de manger, de s'aimer et de rire, différentes de celles qu'elle connaissait. Yassim lui avait appris des chants berbères qu'elle se chantait, le soir, avant de s'endormir.

Elle pensait à la solitude de Yassim, si loin de chez lui, quand elle a senti un échauffement sur sa nuque, on la fixait. Elle s'est retournée, personne ne la regardait. Encore une fois, elle avait rêvé. En sortant à la station Opéra, elle a ressenti la même brûlure, une deuxième fois. Elle a ralenti, s'est approchée d'un vendeur qui proposait ses cacahuètes à la sauvette, a fait mine de prendre un paquet. Elle a perçu le rythme de pas qui ralentissait derrière elle.

quelqu'un la suivait, cette fois, elle en était sûre. Le vendeur s'impatientait, elle a sorti quelques centimes et a payé un paquet d'arachides. Puis elle a couru. Couru dans les escaliers de sortie du métro, couru pour traverser la place devant l'Opéra, couru pour se cacher derrière un des piliers de l'entrée de l'empereur. Elle a attendu un long moment sans bouger avant d'en être certaine : elle avait semé celui qui la suivait. Elle redoutait que ce soit Pierre-Luc, mais elle craignait encore plus que ce soit quelqu'un de la Police ou de la Gendarmerie. Quelqu'un qui menacerait la liberté et la vie de Yassim par sa faute à elle.

Elle a repris son souffle, rajusté son sac sur son épaule et s'est dirigée vers la porte dont Jacques lui avait confié la clef. Elle l'ouvrait en regardant à droite et à gauche quand elle a senti qu'on la poussait violemment à l'intérieur. Elle s'est retrouvée à genoux par terre au milieu des cacahuètes éparpillées, à moitié assommée par le coup qu'elle avait reçu dans le dos. La porte a claqué, noir absolu dans le couloir. Et pas un bruit, qu'un vague souffle. Retenant sa respiration pour ne pas être entendue, Lily a avancé à quatre pattes en tâtant le sol des doigts. À nouveau, les spasmes tendaient son ventre, ce n'était pas le moment de tomber dans les pommes. Elle avait rendez-vous au bord du bassin, elle devait partir dans l'autre sens, éloigner le plus possible son suiveur de Yassim. Elle progressait lentement, le souffle la suivait. Son sac s'est coincé. Fixée sur place, comme un papillon épinglé sur son tableau de liège, elle a étouffé un cri. Un ricanement.

Son ricanement. Et un briquet qu'on allume. Le visage de Pierre-Luc en gros plan devant elle, son sourire carnassier. Lily n'avait plus envie de jouer. Elle a crié :

— Tu fais chier, tu entends ! Marre de tes petits jeux à la con.

— Ma ballerine, si douce… Je t'avais dit que je te retrouverais.

Pierre-Luc s'est redressé, il a trouvé un interrupteur et a allumé le couloir. Lily s'est assise, elle ne voulait pas qu'il voie qu'elle tremblait. Il l'a prise par le poignet.

— On ne rigole plus maintenant. Explique-moi ce que tu fais là de nuit, qu'est-ce que tu as à cacher ?

— Je viens répéter, ça se fait, tu sais.

— C'est ça, et tu passes par l'entrée des ouvriers, et tu as une clef. Qui te l'a donnée ? Qu'est-ce que tu fous ici ?

Comme Lily se taisait, il l'a lâchée.

— Oh après tout je m'en contrefous de tes histoires de danse. Mais je veux être sûr. J'ai porté le paquet, c'est pour demain. Dis-moi que je peux compter sur toi.

Lily n'a pas répondu. Pierre-Luc l'a secouée. Il a arraché son sac et a cherché à glisser dedans un paquet pas très grand, un cube de la taille d'une boîte de chaussures format enfant. Lily tirait son sac à elle, Pierre-Luc a fini par l'arracher, les livres sont tombés sur le sol.

— Sartre, Aragon et… putain, *La Question* ! Ce livre est interdit !

Pierre-Luc a perdu son sourire carnassier, décontenancé par une image de Lily qu'il n'aurait jamais imaginée.

— Tu lis des trucs de communistes, toi ? Et *La Question*, comment tu l'as eu ? Ce livre est censuré, on ne le trouve plus nulle part. Réponds-moi !

Lily s'est levée, elle a pris les livres des mains de Pierre-Luc et a haussé les épaules.

— Tu vois bien que je ne peux pas t'aider. Laisse-moi maintenant.

— Oh que si, tu vas m'aider, petite fleur vénéneuse. Je pourrais te dénoncer à la Police, certains seraient ravis de trouver un nid de copains du FLN au cœur de l'Opéra, il y aurait une enquête, tout le monde saurait, ici, ce que tu es. Tu vois le tableau ?

Lily le voyait. Elle le voyait même très bien. La Police fouillant dans le bâtiment, Yassim piégé, interrogé, son frère qui ne lui pardonnerait jamais d'avoir provoqué ce désastre, et jusqu'au concours qu'elle ne pourrait pas passer, l'Opéra ne tolérerait pas une rebelle en son sein. Un spasme plus violent l'a fait grimacer.

— Tu veux que je me taise ? Tu prends ce paquet, là, tu vois, il n'est pas bien grand. Demain, tu le déposes à l'adresse qui est sur ce papier avant midi, et c'est tout.

— C'est tout ?

— Promis. Après, même si ça me fait de la peine, je te le promets, on ne se verra plus. On n'a pas grand-chose à faire ensemble, pas vrai.

Lily a fixé Pierre-Luc, lui a trouvé un air de Pierrot tombé de la Lune. Ça ne l'a pas fait sourire.

— Non, pas grand-chose.

Elle a glissé le paquet dans son sac.

— Et ne me prends pas pour un con, tu veux… Avant midi, compris ? Si jamais tu oubliais de le livrer, encore une fois, je te retrouverai. Et là…

Lily s'est dirigée vers la sortie. Tant pis pour Yassim, elle le verrait une autre fois. Il fallait qu'elle éloigne Pierre-Luc de l'Opéra. Elle n'a respiré normalement qu'une fois la porte passée et verrouillée derrière eux.

Pierre-Luc l'a regardée disparaître dans le métro. Son regard restait collé sur elle comme une flaque de pétrole sur l'eau, irisé et gluant de promesses funestes.

Lily est descendue trois stations après. Elle avait besoin de marcher. Quand elle a retrouvé le fleuve, elle est restée un moment à regarder les lumières de Paris qui dansaient sur les eaux brassées par les bateaux-mouches. Elle a pensé à Michel, qui avait refusé de tirer. Elle a sorti le paquet et l'a lancé le plus loin possible, au milieu des eaux sombres de la Seine.

*

— Ouf. Tu crois que c'était quoi, ce paquet ?

— On ne saura jamais. Mais l'OAS ne livrait pas souvent de bonbons à la menthe…

— Pierre-Luc était un terroriste alors. Et… Une bombe ?

Tu penses que Lily a jeté une bombe dans la flotte ? Pierre-Luc va la défoncer…

— Doucement, Lorie. Doucement. Les choses, parfois, ne vont pas comme on croit qu'elles devraient aller.

*

Tout à l'heure, le concours. Seuls les meilleurs seraient sélectionnés. Lily devait intégrer le corps de ballet, sinon, elle disparaîtrait, Nino ne la verrait plus. L'ouvrier tirait sur tous les câbles des décors, il graissait chaque roue des engrenages qui hissaient les toiles peintes et des trompe-l'œil sur la scène. Ils étaient toute une équipe à s'activer sur et sous la scène, mais Nino était le plus agile. Lui seul savait se faufiler comme une ombre entre les tringles, sous les portants. Il connaissait son Opéra mieux qu'aucun marin ne connaît son navire.

Trop d'efforts accumulés… perché sur une échelle, Nino écouta ses poumons geindre. Il resserra une dernière vis, le lustre de dorures et de cristal ne risquait plus de tomber. Nino plia l'escabeau. Qu'importe ce bruit dans sa cage thoracique, son souffle saccadé. Qu'importe ce garçon caché dans les dessous de l'Opéra et cet autre au sourire mauvais qui tournait autour du bâtiment depuis quelque temps, Nino savait qu'à la fin c'est lui qu'elle aimerait, il serait le seul, l'unique, de sa bien-aimée.

Sa mallette d'outils à la main, Nino esquissa trois pas de danse à la façon d'un pingouin oublié sur sa banquise. Il sauta de figure en figure sur la mosaïque du sol qui menait au grand escalier, se rattrapa à la rampe, bondit en l'air et sourit. Oui, il en était certain : il l'aurait tout à lui, rien qu'à lui, il savait comment s'y prendre pour ça.

Vendredi 12 juin 1961, jour du concours, Opéra

Respirer. Le cœur de Lily battait trop fort. Respirer, le calmer. Il résonnait jusqu'au fond de son ventre. Noué. La musique l'assourdissait. Cette fois, c'était le grand tournant. Montée de violons, *et un et deux et trois*… Entrée des tambours.

Plus que trois passages et ce serait son tour. L'image de Pierre-Luc à la lumière du briquet, ses menaces, le son du paquet quand il a touché l'eau. Et le regard de Jacques, qui comptait sur elle. Marthe avait arrangé le passage de Michel en France, il allait venir, mais il pouvait encore être arrêté d'un jour à l'autre. Yassim dans les sous-sols de l'Opéra, et Claire qui attendait l'homme qu'elle aimait, et le lui volait. La guerre, l'amour, la danse. La vie. L'angoisse.

Nicky était sur scène, c'était son tour. Lily blanchissait ses articulations à croiser ses doigts pour que tout se passe bien pour son amie.

Une ampoule de la table de maquillage grésillait ; quand Lily avait le trac, tout palpitait. Remettre du rose sur sa bouche, pincer ses lèvres pour le fixer. Ses yeux étaient lourds de khôl ; l'ampoule scintillait. Elle allait certainement mourir. Ce soir-là aussi, une ampoule avait grillé, d'un coup, en faisant un bruit mat. Lily avait sursauté. C'était son premier spectacle ; malade de peur, elle refusait d'entrer en scène. Elle avait sept ans et le trac la mangeait tout entière. C'était la première fois qu'elle vivait cette terreur qui paralyse avant de débrider le corps, de le lancer sur scène dans un grand mouvement libéré. Elle ne savait pas encore qu'après la peur venait l'extase. Son frère l'avait aidée à enfiler ses demi-pointes. Il avait pris ses mains dans les siennes et murmuré : *Je sais que tu peux y arriver.*

Applaudissements polis. Clac clac sur le parquet, chaussons aux bouts de carton, pas de rat affolé, Nicky arrivait. Elle s'est effondrée à ses côtés.

— Oh Lily… j'ai tout raté, tu as vu, j'ai raté mon passage de jetés !

Lily a pris son amie contre elle, son mascara coulait le long de ses joues, elle reniflait.

— Non, bien sûr, tu n'as rien vu, tu ne regardes jamais. Je devrais être aussi superstitieuse que toi, ça me porterait peut-être bonheur, tiens. C'est fichu, jamais je n'entrerai dans le corps de ballet.

Lily n'a pas expliqué à Nicole que si elle ne regardait pas les autres passer, ce n'était pas de la superstition, juste la peur panique de ne pas pouvoir entrer après eux sur scène. Elle préférait y aller comme on saute dans le noir, sans rien voir. Dernier rituel, elle noua un ruban de soie autour de son chignon. Elle l'avait choisi rouge, c'était la couleur préférée de Michel.

— Pas de deux de *Casse-Noisettes*, entrée dans une minute.

Nicky lui a lancé un regard paniqué, Lily a cligné des paupières. Un dernier regard dans le miroir. Elle ne s'est pas reconnue.

Une harpe égrenait les premières notes du passage de *Casse-Noisettes*.

Tirer son justaucorps sur sa poitrine, que personne ne voie les roses tatouées. Se lever. Respirer jusqu'en bas de son ventre, expulser l'angoisse.

Entrée en scène. Arpèges…

Jacques était entré côté cour, il la rejoignait au centre du plateau, son pas, son maintien, royal. À la place de la partition de Tchaïkovski, les violons ont entamé *Tonight*. Jacques lui a souri, *glissade*. Mme Piakova a joué la mélodie du chant au piano, elle leur a lancé un regard amusé. Lily aurait juré qu'elle leur avait fait un clin d'œil. *Battements*. Ils sentaient l'arrêt du souffle de la salle. Un silence, le vent qui tombe avant l'orage. Ciel figé. *Renversé*. Le souffle s'est lâché, *reprise*. La salle les suivait, elle était avec eux ! Ils la sentaient, une bête, tapie là, dans le noir devant eux. Elle pouvait les dévorer, ou les emporter dans un élan d'applaudissements. *Cinquième, dégagé*. Dans cette salle, ce noir béant, sur les fauteuils de velours rouge, la mère de Lily retenait sa respiration. *Tour en dehors*. Elle était venue avec M. Leroyer, *Edmond* et sa mère… il faudrait que Lily s'habitue, elle ne voulait pas y penser. Marthe était là aussi, qui agrippait les accoudoirs pour ne pas montrer qu'elle avait peur pour Lily. Et Claire, qui avait promis de venir la voir danser. *Développé seconde*. Ne pas penser, danser. *Arabesque*. La salle frémissait, la musique les portait, corps tendus, pas loin de l'extase. Les pas s'enchaînaient, Lily ne pensait plus, elle était danse. Elle s'est élancée pour le *grand jeté*, elle allait s'envoler ! Un cri dans la salle. Le voile s'est déchiré. Albatros, ailes grandes ouvertes, tombé au sol. Sang au coin de son bec. Une larme dans son œil mort. Michel aimait tant ce poème.

Lily était au sol, la cheville foulée, sans doute. Jacques serrait sa main.

— Lily, Lily, ça va ?

Plus de piano ni de violons, la musique s'était arrêtée. Des glapissements d'effroi, le martèlement des chaussons sur le parquet ; les danseuses traversaient la scène, Mlle Bellesjambes courait vers eux.

Au-dessus de Lily, presque à la toucher, une poutrelle d'acier était suspendue en l'air, elle s'était décrochée des cintres. Lily la fixait. Ne pas bouger. Jacques l'a tirée sur le sol, poupée désarticulée, elle se laissait glisser, la poutrelle s'est éloignée.

Mlle Bellesjambes prononçait des mots qui n'arrivaient pas jusqu'au cerveau de Lily. Jacques a lâché ses poignets, elle s'est assise. Recroquevillée, elle massait sa cheville, la douleur montait jusqu'au genou, elle ne pourrait pas danser pendant des jours. Elle a levé la tête, elle voulait comprendre. Dans les cintres, une silhouette. Un homme, seul, retenait la poutrelle. Tout son corps tendu, il tirait sur les cordages, s'arc-boutait, à la limite de la rupture. Jacques a tendu sa main à Lily, il l'a aidée à se relever et l'a entraînée vers les coulisses. Dans les cintres, la silhouette avait disparu, des régisseurs avaient pris sa place. Un ange venait de sauver

Lily. Et s'il avait voulu la tuer ? Pierre-Luc ? Dan ? Lily ne le saurait jamais.

Elle a traversé la scène en boitant, Jacques la soutenait, Mlle Bellesjambes les suivait en continuant à se lamenter, à parler *d'accident jamais arrivé, de musique qu'on ne devrait pas entendre dans un lieu comme cet opéra, qui en a pourtant vu d'autres, et…* Un choc. Lily s'est retournée, la barre d'acier venait de tomber. L'Opéra tout entier résonnait de sa chute ; fracas de tempête. Depuis les cintres, les régisseurs pointaient du doigt le désastre qu'elle avait provoqué : un cratère de bois déchiqueté dans le plancher de la scène, à l'endroit même où Lily faisait son *grand jeté* quelques minutes auparavant. Il y avait un siècle, une éternité.

La salle avait été évacuée, les lumières de secours baignaient les coulisses de rouge. Lily sortait de scène dans cette presque obscurité, une ombre s'est avancée vers elle, a attrapé son bras. Une douleur fulgurante a déchiré son ventre. La dernière chose que Lily ait vue, ce sont les chaussons de Nicky. Ils dépassaient de la corbeille où les danseurs jetaient leurs cotons souillés de maquillage. Rideau.

*

Plus personne de ce côté. Nino se faisait chat. Il regardait Lily, elle s'éloignait vers les coulisses entourée de trop de gens. Nino avança dans la pénombre sans se faire remarquer des régisseurs qui s'agitaient autour de la blessure du plancher. Derrière eux, un trait rouge sur le sol. Nino se pencha, il ramassa le ruban de soie. Il le fit rouler entre ses doigts, le porta à ses lèvres, le glissa dans sa poche et s'en alla. Il le glisserait entre les pages de son carnet.

Lily ! Ce cri… c'était elle !

*

Ces notes, fortes, si fortes… Pourquoi ? Une sirène. Lily voulait que ça s'arrête. Elle étouffait, on l'étouffait ! C'était Pierre-Luc, il l'avait rattrapée, il l'empêchait de respirer ! Elle ne voulait pas. Elle appelait :

— Michel, aide-moi !

— Lily, calme-toi, ne bouge pas…

Sa mère, qu'est-ce qu'elle faisait là ? Ils roulaient ? Lily avait mal.

— On s'occupe de toi, ma Lily, ça va aller. Ne bouge pas. Ses paroles étaient de la bouillie versée dans ses oreilles. Entre deux hurlements de sirène, Lily a distingué *Salpêtrière, urgences*. Au mot *guérir*, elle a entendu *mourir*.

— Maman… Oh maman, j'ai mal, tellement mal, si tu savais.

*

Ils l'avaient emmenée ! Il l'avait laissé partir, comment aurait-il pu la retenir ? Nino sentit son cœur se rétrécir. Le hall d'entrée était plein de gens agglutinés. Ils commentaient l'accident, la poutre qui aurait pu tuer quelqu'un, et cette élève si douée qu'on emmenait, elle avait été blessée, certainement, tuée même, qui sait ?

Autour de lui, ces gens innocents ne savaient pas que Nino était en train de mourir. C'était fini. S'il ne la rattrapait pas, là, maintenant, il ne la verrait plus, il en était persuadé.

Devant lui, il repéra un homme qui luttait à contresens de la foule pour voir l'ambulance s'éloigner. Ce blouson, Nino le reconnut, c'était le garçon qui faisait peur à Lily, Pierre-Luc. Nino sauta la balustrade de l'escalier, il se faufila à la poursuite du blouson de cuir brun.

Souffle haché, cœur serré, il suivait Pierre-Luc. Ce garçon était le seul fil qui le reliait à Lily. Dans la foule aspirée par la rue, Pierre-Luc accéléra, il avait repéré quelqu'un. L'homme caché ! L'homme des dessous de l'Opéra était là aussi. Avec sa peau mate et son costume froissé, il tranchait dans cette meute de gens apprêtés pour les grandes soirées. Son pas même était différent, moins pressé, proche de celui des grands fauves qui faisaient rêver Nino.

Le garçon au blouson de cuir avait rejoint le grand fauve, il l'attrapa par l'épaule et le força à se retourner. Nino était coincé entre une grosse dame au chapeau flageolant et une famille d'enfants qui râlaient et trépignaient, ils étaient venus voir danser leur cousine, ils n'avaient rien vu du tout. Nino tenta de passer par la droite, par la gauche, rien à faire. Il vit l'homme caché se retourner, repousser celui au blouson. La grosse femme appelait quelqu'un devant elle, elle faisait de grands signes avec ses bras flasques. Nino la poussa, elle protesta.

Il entendit des cris, les deux hommes se battaient, la foule bougea. La marée emporta Nino, il se retrouva derrière les deux hommes. Le grand fauve avait le nez qui saignait, l'homme au blouson invectivait les gens :

un bicot à l'Opéra… qu'est-ce qu'il fout là ? Il serait pas venu poser une bombe ? On peut s'attendre à tout avec ces gens-là…

La marée montait, Nino était tout près d'eux maintenant. Le grand fauve était cerné. Si Lily le cachait, c'est qu'ils étaient amis. Pas forcément amants. L'homme au blouson tendit son poing pour l'abattre sur le grand fauve, Nino s'interposa, il attrapa le bras levé. Pierre-Luc le fixa, incrédule. Nino retenait le bras de l'homme comme il avait retenu la poutrelle d'acier dans les décors. Une fois encore, il s'arc-bouta contre le destin. Cette fois, son cœur allait exploser. Il le savait. Il entendit un cri sourd, la foule autour de lui recula. Marée basse. Nino avait lâché le bras. Il ne sentait plus rien, que son corps qui s'affaissait. Coquillages délavés. Abandonnés. L'homme au blouson avait sorti un couteau, l'avait planté dans le ventre de Nino. Au milieu de son veston, Nino regarda une tache humide s'agrandir. Il y porta la main, ses doigts devinrent carmin. Il leva les yeux. Agenouillé face à lui, le grand fauve le regardait. Il ouvrit ses bras, retint Nino, l'accompagna dans sa chute avec une tendresse aussi douce et chaude que les sables du désert. Nino lui sourit. Lily choisissait bien ses amis.

Partir, avec toi,
au-delà de l'horizon…

Vendredi 12 juin 1961, fin d'après-midi, hôpital de la Salpêtrière

Des lumières, paroles en bouillie, agitation. Blouse blanche, toque sur des cheveux gris. Une bonne sœur se penchait sur elle. Son sourire. Lily a eu peur, elle avait toujours eu peur des bonnes sœurs. Qu'est-ce qu'elle lui voulait ? Cotons à l'odeur d'éther sur sa bouche, son nez. Elle a plongé.

Trop lourdes. Ses paupières étaient lourdes, elle ne pouvait pas ouvrir les yeux. Elle avait la nausée. Cette sensation dans sa bouche… trop pleine. Sa langue avait grossi, elle avait enflé. Un monstre échoué sur une plage. Ses orteils bougeaient, elle n'était pas morte. Ça sentait le froid et l'alcool. Une méduse. On l'avait transformée en méduse ! Des bruits de métal. On l'avait abandonnée sur une planète de glace et de métal. Il faisait bleu. Et froid.

— Liliane ? Liliane… Tu vois la lumière ? Cligne des yeux. Serre ma main.

Un homme en blanc. Flou. Et une horloge qui toquait le temps. Non, pas une horloge, un bip. Si seulement sa langue n'avait pas été aussi épaisse. Lumière dans l'œil.

— Elle est réveillée, couvrez-la, qu'elle n'ait pas froid.

Lily se souvint de son père, de sa voix, de ses bras. Son odeur quand il venait la border le soir au coucher. Michel avait la même odeur, un peu âcre et sucrée. Lily aurait voulu entrer dans cette odeur, s'y cacher tout entière. Y rester. Toujours.

— Mademoiselle ! Secouez-vous, il faut vous réveiller.

La religieuse ! Ça y est, Lily se rappelait. Son sourire. Elle parlait de si loin. Sur cette planète froide, il y avait donc des hommes et des bonnes sœurs. Sur le toit de l'Opéra, il y avait une ombre. La même, c'était la même dans les cintres ! Sa cheville chauffait. La veine mauve palpitait sur la tempe de Mlle Bellesjambes. Elle allait crier, la rose avait poussé sous son sein, elle avait fleuri. *C'est moi, c'est Lola, celle qui rit…* Cette chanson… Lily voulait qu'on arrête cette chanson dans sa tête !

— Mademoiselle ! Regardez-moi. Je compte jusqu'à trois, un, deux…

Bulles grasses qui éclataient à la surface d'un bouillon, des mots peinaient à sortir du fond de sa gorge :

— C'est moi, c'est Lily.

Le coton s'est déchiré, l'homme a souri. Une toque verte sur son crâne, une blouse. Un docteur.

— Tu as été opérée en urgence, péritonite, c'était moins deux. Tout va bien maintenant, on te transfère dans ta chambre.

Pourquoi la tutoyait-il ? Lily ne le connaissait pas. Et sa cheville ? On l'emmenait.

Le roulis du chariot, un goût âcre dans sa bouche. Ce fond de nausée, encore. Les couloirs, froids, et le rire de l'homme brun qui poussait le chariot de couloir en couloir. Ses bras sortaient de sa blouse, tatoués de nuages et d'océans. Une baleine émergeait d'une vague, des étoiles de mer s'accrochaient à son coude.

— Ç'aurait été dommage d'y rester... Tu étais tellement pâle en arrivant, j'ai cru voir Blanche Neige, tu sais, cette princesse trop curieuse qui prend une pomme pour un somnifère ; elle s'endort et un prince doit la réveiller cent ans après...

Lily a regardé son visage. Des joues creuses, une moustache fine, des joues mal rasées. Il se prenait les pieds dans les contes, mariait Blanche Neige à Barbe Bleue et faisait valser la princesse au petit pois avec Simplet. Il aurait pu être pirate, ou voleur de grand chemin. Ou danseur, ou soldat. Il était brancardier.

— Remarque, un appendice, même infecté, ça peut servir de baguette magique, regarde, ça nous a permis de nous rencontrer !

Lily aurait aimé rire, mais ça tirait fort dans le bas de son ventre, elle a grimacé.

— Dans mes bras, la princesse, tu es arrivée.

Le pirate tatoué l'a soulevée, elle s'est sentie plume, elle était bien. Il l'a posée sur un lit blanc dans une chambre blanche. Sa mère était là, doigts noués, visage flétri. Le pirate l'a saluée. Il a arrangé le drap sur les épaules de Lily, a désigné le lit vide à côté du sien.

— Pas aujourd'hui que j'aurai un rival, tu vas avoir la chambre pour toi toute seule, princesse, ton collègue n'a pas résisté à la dague du Capitaine Crochet, il est resté sur la table d'opération. Tout le monde n'a pas ta chance, Blanche Neige…

Lily s'est demandé ce qu'il voulait dire, mais il lui a fait un clin d'œil et il est parti.

Sa mère lui a pris la main. Elle avait eu peur, Lily le voyait dans le gris de ses yeux qui avait viré au violet. Lily avait tellement sommeil… Elle a souri à sa mère, a grimacé, le ventre bridé.

— Ne bouge pas Lily, il te faudra quelques jours pour te remettre.

— Mais… la danse, le concours !

Sa mère lui a caressé le front, de ce même geste qu'elle faisait quand elle était enfant.

— Il te faudra un peu de temps, mais tu danseras bientôt, je te le promets. Après l'été, à la rentrée, certainement.

Lily n'a pas eu la force de hurler qu'elle ne pouvait pas passer deux mois sans danser, ses yeux se fermaient. Dormir.

Plus tard, le lendemain ?
Hôpital de la Salpêtrière

Beaucoup plus tard, était-ce le matin, l'après-midi, Lily n'en savait rien, Nicky et Jacques ont passé leur tête dans l'entrebâillement de la porte. Mme Leguen était toujours là. Elle les a fait entrer. Un paquet de papier blanc plié en pyramide à la main, Jacques avait l'air d'un enfant de chœur puni par le curé. Il a fini par le tendre à Lily :

— Je t'ai apporté une religieuse.

Sa mère a pincé le nez, elle a pris le paquet et l'a posé le plus loin possible de Lily, elle ne devait rien manger sans la permission du chirurgien, elle venait d'être opérée !

Assise sur le bout des fesses, son chemisier fermé jusqu'au menton, Nicky a demandé si Lily avait très mal. Elle jouait la jeune fille de bonne famille mais Lily voyait bien que Nicky débordait de paroles qu'elle ne pouvait pas dire devant sa mère, sans parler de sa façon de loucher sur le gâteau emballé… Jacques était plus à l'aise, il s'inquiétait de son état de santé, de savoir combien de temps elle allait rester à l'hôpital. La conversation a ronronné jusqu'au moment où Mme Leguen les a laissés, elle avait des papiers à remplir au secrétariat de l'hôpital.

Nicky s'est relâchée, elle a ouvert son col, croisé ses jambes et a lancé :

— J'ai cru mourir tu sais. Tu nous as fait une de ces émotions…

Jacques a soupiré :

— C'est Lily qui a failli mourir, et deux fois. Quelle histoire ! Comment tu te sens, vraiment ?

— Cotonneuse, mais ça va. Et le concours ?

Nicky s'est excitée, elle a expliqué que certainement tout allait être annulé. En tout cas, elle, c'était décidé, elle arrêtait la danse.

— Tu ne peux pas, Nicky, la danse, c'est ta vie.

— Non, Lily, la danse, ce n'est pas ma vie, c'est l'envie de ma mère, c'est pas pareil. J'ai une de ces faims, moi, je peux ?

Lily a souri, Jacques a ri franchement et lui a tendu la pâtisserie.

La bouche pleine, Nicky a repris :

— Passer ma vie à m'affamer, à me faire hurler dessus, à avoir mal aux pieds, aux articulations, des crampes partout… et tout ça pour quoi ? Pour faire plaisir à ma mère. Non, ce que je veux, c'est me marier, avoir des enfants, prendre des vacances sur la côte d'Azur, rouler en décapotable, être heureuse.

Jacques a fait la moue :

— Tu parles d'un programme…

— Peut-être, mais c'est *mon* programme, mon choix à moi.

— Et le mariage, les enfants, les vacances et la décapotable, tout ça, tu le vois avec Dan ?

— Oh, lui… il parle, il parle, mais il n'a que de la gueule.

Et puis il m'agace avec ses histoires d'Algérie, d'attentats et d'honneur de la France bafoué, la politique, ce n'est pas pour moi. Non, Dan, c'est fini. Mes parents m'ont présenté un garçon, si vous le voyiez… Beau, mais beau, avec des yeux si bleus… Il est en troisième année de médecine, il veut devenir chirurgien. Femme de chirurgien, c'est terriblement chic, vous ne trouvez pas ?

Jacques a regardé Lily, les yeux au ciel. Lily a éclaté de rire, et s'est pliée en deux de douleur, elle avait oublié la tension dans son ventre.

Elle est arrivée à articuler :

— Femme de chirurgien, ce n'est pas un métier.

— C'est toi qui dis ça ? Le chirurgien qui t'a opérée, s'il n'avait pas eu une femme pour s'occuper de son petit-déjeuner, de l'envoyer travailler de bonne humeur, qui sait s'il n'aurait pas raté ton opération et si tu ne serais pas mor…

Jacques l'a stoppée d'un signe. Nicky était la reine des gaffes. Lily n'a pas eu la force de lui rétorquer qu'être *femme de* ne suffisait pas pour être soi, ce fou rire l'avait vidée.

Jacques a changé de sujet :

— Tu ne connais pas la dernière ? Rudolph Noureev est passé à l'Ouest ! Vendredi, le jour du concours. À part l'histoire de la poutrelle, on ne parle que de ça à l'Opéra. Tu imagines, s'il s'installait pour de bon à Paris…

— De ça… et du mort…

J'ai regardé la tête que faisait Nicky pour voir si elle

plaisantait. Elle n'avait pas l'air. Jacques lui a lancé son regard noir.

— Tu peux pas t'empêcher… Je ne voulais pas t'en parler tout de suite, Lily, tu as le temps de savoir…

— Arrêtez ce cirque, je ne suis pas en sucre. Le temps de savoir quoi ?

— Il y a eu une bousculade à la sortie, après l'accident de la poutrelle. Yassim…

Lily a fermé les yeux, elle avait du mal à respirer. Jacques a pris sa main dans la sienne.

— Non, pas Yassim. C'est un autre qui a pris, un coup de poignard. On ne connaît pas les détails, mais un homme a insulté Yassim et sorti un couteau, c'est un ouvrier de l'Opéra qui a pris le coup. Yassim a réussi à s'effacer dans la foule. Je n'ai pas de nouvelle.

Nicky avait l'air perdu. Elle a demandé qui était ce Yassim. Elle voyait bien qu'on lui cachait quelque chose. Vexée, elle a clamé qu'elle, elle connaissait celui qui avait sorti le poignard… Jacques et Lily l'ont fixée sans rien dire, ils attendaient. Nicky ne savait pas tenir sa langue.

— Ben oui, *ton* Pierre-Luc figure-toi ! On l'a arrêté, il est en prison pour un bout de temps avec tout ça…

— Pierre-Luc ?

Lily s'est levée comme un ressort au moment où sa mère entrait dans la chambre, son Edmond à son bras.

— Tu es d'un pâle ma fille ! Allez, vous reviendrez la voir un autre jour, il faut qu'elle se repose.

Nicky est restée la fin de son histoire entre les dents. Jacques a salué Lily du bout des doigts avant de tirer la porte sur lui. Pierre-Luc, en prison. Qu'est-ce qu'il faisait à l'Opéra ? Il la cherchait, bien sûr. Pour se venger. Et ce pauvre type qui passait par là au mauvais moment avait pris le coup à sa place. Décidément, tous ceux qui approchaient Lily finissaient dans la case prison, ou pire... Elle avait oublié de demander à Jacques ce que Mlle Bellesjambes avait dit au sujet de leur pas de deux interrompu, et si Mme Piakova s'était fait sonner les cloches, et pourquoi la poutrelle avait cédé, et... Elle se sentait si vide. Elle verrait ça plus tard.

Lundi 15 juin, hôpital de la Salpêtrière

Le lendemain matin, le soleil déchirait les derniers lambeaux d'hiver, l'été était enfin là. Lily s'est levée en se retenant aux draps, elle faisait ses premiers pas seule. Elle avait mal, elle a insisté. Entre son ventre recousu, vrillé, et sa cheville foulée, elle se sentait plus baleine que ballerine. Mais des années de danse, d'exercices, à avoir chaque articulation en feu, toutes ces heures à travailler chaque geste… ce n'était pas ce jour-là qu'elle allait faire la chochotte. Un pas, deux pas, elle y arriverait. Son corps était lourd, cloué au sol, si difficile à bouger, c'était insupportable ! Avancer, encore. Elle aurait donné tant pour danser, retrouver la légèreté, là, juste là. Cette évidence l'a frappée comme un éclair : elle ne pouvait pas vivre sans danser. Son corps en avait besoin. Ce n'était plus pour le regard de Michel qu'elle dansait, c'était pour elle. C'était sa vie.

Elle a fait le tour du lit vide, est allée jusqu'à la fenêtre, premier pari gagné. Ensuite, elle tenterait une sortie dans le couloir. Mais d'abord, une pause. Entre les arbres, trois étages plus bas, deux religieuses passaient ; leurs cornettes noires pointaient la cime des marronniers en fleurs. Lily a frissonné. Plus loin, des hommes, des femmes s'agitaient. Ils tiraient des câbles électriques, posaient des rails sur le chemin de terre battue. Lily s'est demandé… ce garçon, il ressemblait… Philippe. Oui, c'était bien lui. Il prenait des notes, allait vers un poseur de rail, le laissait pour parler à une fille qui repeignait un banc. Le tournage en juin à Paris ! Lily l'avait oublié. Mais qu'est-ce qu'il pouvait bien filmer dans cet hôpital ? Lily ne voyait pas de caméra, ni d'acteur. Une infirmière est entrée dans la chambre, contente que Lily soit debout.

— Vous regardez l'équipe du film ? Ils préparent le tournage. Ça nous met un bazar tout ça… Enfin, on sera contents de voir le résultat au cinéma. Allez, on retourne au lit, c'est l'heure de la prise de température, on ne rigole pas avec les suites d'une péritonite, ma petite demoiselle.

L'infirmière a ajouté qu'elle n'avait jamais vu de film réalisé par une femme, et qu'elle trouvait cette Agnès Varda formidable. Elle a raccompagné Lily jusqu'à son lit, la sortie dans le couloir, ce serait pour plus tard. Lily s'est recouchée avec l'impression délicieuse d'avoir assisté à un secret, les coulisses du cinéma. Elle aussi, elle naviguerait de coulisses en plein feux. Elle a glissé dans la douceur de cette nouvelle certitude : elle passerait sa vie à danser. Pas à l'Opéra, ce n'était pas pour elle, mais elle danserait. Elle trouverait un moyen.

*

— Je lui ai rendu visite en toute fin de journée. J'étais content qu'elle soit là, oh, pas qu'elle soit opérée, mais qu'elle soit dans cet hôpital où se tournait une scène clef du film. J'étais sûr que ce hasard allait nous porter chance à tous les deux !

— Toi, superstitieux, daddy ? Tu as bien changé.

— J'étais jeune, j'avais besoin de croire à la chance pour la provoquer.

— Le film, les actrices, si belles, l'éclairagiste qui était devenu un copain… j'ai saoulé Lily de paroles. Quand elle m'a demandé si j'avais des nouvelles de Michel, je suis resté vague. Je n'ai jamais su mentir, j'ai préféré m'éclipser. Je suis parti trop vite, mal à l'aise. Lily s'est douté que je lui cachais quelque chose. Je ne pouvais pas lui dire que Michel était déjà à Paris, il m'avait fait jurer le silence.

— T'es gonflé daddy ! Ta cousine se morfond après son frère, elle vient de presque mourir, et toi tu la laisses mariner comme ça…

— Michel risquait gros, je ne pouvais pas…

— Ouais, encore un truc de macho, des salades de mec à mec. *Les filles sont pas assez sérieuses pour garder un secret, et blablabla*… N'empêche, sans les filles, sans Marthe et sans Lily, ton Yassim et ton Michel, ils seraient restés comme des quiches sur le bord de l'autoroute !

— Là, tu as vraiment la même tête que Lily à ton âge, Lorie. Mais des autoroutes, à l'époque…

— Je sais, y'en avait pas.

Mardi 23 juin 1961, du côté de la Bastille

Trois jours que Lily était sortie de l'hôpital. Elle claudiquait encore, mais elle redevenait elle-même. Elle offrait son visage au soleil, souriait aux passants dans la rue. Ce jour-là, elle revoyait Michel.

Marthe s'était déplacée pour venir le lui annoncer : Michel était à Paris. On ne savait pas pour combien de temps, il pouvait partir d'un jour à l'autre. Il se cachait de salle de cinéma en salle de cinéma en attendant son départ pour la Suisse avec Yassim. Tout était organisé. Avant de la laisser, Marthe avait pris son air de conspiratrice pour chuchoter :

— Demain, au Lux-Bastille à quinze heures, deuxième rang à droite. Il y sera.

Michel… enfin. Lily est entrée dans la salle noire. Sur l'écran, Jean Marais courait au milieu d'arbres dénudés. Il poursuivait des cavaliers qui avaient enlevé une femme. Elle criait. La salle était presque vide, ce n'était pas un jour de grand public. Lily s'est approchée du deuxième rang. Le visage de Jean Marais remplissait l'écran. Traîné sur le sol, il tenait dans ses mains la corde qui le reliait à un cheval au galop, avant de tout lâcher. Héros à terre, dans la poussière. Lily a abandonné Jean Marais, elle cherchait dans le noir, elle a ralenti. Son dos, ses épaules. Il était là. Son frère lui était revenu.

Elle s'est assise derrière lui sans rien dire. Elle voulait profiter un moment de son odeur, se remplir de sa présence. Il s'est retourné. Son sourire dans le faisceau du projecteur. Il a rejoint sa sœur, l'a serrée contre lui comme si elle était une poupée molle. Elle aurait dû être si heureuse… Et elle était heureuse. Mais quelque chose avait changé, le coffre de cristal avait explosé. Elle n'était plus *sa* ballerine.

Le souffle de Michel dans son cou, ses mots murmurés.

— Lily, ma Lily belle. Tu m'as tellement manqué…

Michel l'étreignait, Lily en perdait le souffle. Il a agrippé son bras et s'est levé. Des spectateurs ont protesté.

— Viens, je veux te voir dans la lumière.

Ils ont laissé le capitaine Fracasse à ses aventures pour se retrouver dans un recoin de couloir. Michel riait. Il avait tant à raconter à Lily… Les mots lui manquaient. L'arrivée par bateau, ses faux papiers, les camarades de Marthe, quelle femme formidable ! Il interrogeait sa sœur, le concours, l'accident avec la poutrelle, son opération… Il caressait ses cheveux, son visage, comme quand elle était une enfant. Le corps de Lily s'est tendu, Michel s'est inquiété :

— Qu'est-ce que tu as ? Ça ne va pas ?

Lily a regardé les yeux de son frère, ses sourcils. Il y avait quelques jours seulement, elle aurait traversé un océan à la nage pour revoir ces yeux. Aujourd'hui, c'était différent. Lui qui fumait si peu, il sentait la Gauloise et la sueur accumulée. Cette odeur de tabac brun n'était pas celle de *son* Michel. Il était le même et un autre en même temps. Ou peut-être était-ce elle qui était une autre ? Peut-être n'y avait-il plus de Lily belle…

Un rire a résonné et brisé l'instant suspendu. Claire.

— Je vous cherchais ! Alors, tu l'as retrouvé…

Lily ne savait pas si Claire s'adressait à elle ou à son frère. Ce qu'elle a senti, c'est l'étreinte de Michel qui s'est relâché, son corps qui s'est tourné vers elle, *l'autre*, l'aimée. Et le baiser qu'ils ont échangé, si long, ce dernier coup de poignard d'une pauvre tragédie mille fois jouée : Lily aimait un Michel qui n'existait plus puisqu'il aimait Claire. Le temps d'un hoquet, Lily s'est dit qu'elle aurait préféré que son frère meure, là-bas, en Algérie. Il serait resté son héros à jamais, elle aurait joué son rôle de sœur inconsolable, tout aurait été parfait. Mais la vie était bien plus cynique, elle se riait des mélos.

Michel est revenu vers sa sœur, sa Claire serrée tout contre lui.

— On va s'installer en Suisse le temps qu'il faudra. Ça tombe bien, ces vacances, tu viendras nous rendre visite. L'air pur, les montagnes, ça te rendra tes couleurs.

Michel n'avait rien vu. Lui qui lisait en elle comme si elle était de l'eau pure, il n'avait pas deviné la faille qui venait de s'ouvrir entre eux. Lily a embrassé sa joue mal rasée.

— Tu seras toujours mon frère préféré.

Elle a souri. *L'élégance de la vie.* Et elle est partie. Michel ne l'a pas retenue.

Elle a traversé la salle en sens inverse, le film déroulait ses images en *Eastmancolor*. Sur une place, la foule s'excitait au spectacle d'un homme qu'on attachait sur une roue. Jean Marais est arrivé à cheval, une bohémienne à ses côtés. Elle a sauté à terre, rejoint l'homme ligoté. Elle l'a embrassé, lui a murmuré *je t'aime* et lui a planté une dague dans le cœur.

*

— Et vlan… fin de l'amour entre Lily et Michel.

— Pas la fin, Lorie, autre chose. Lily avait besoin de faire du vide pour grandir.

— Tu crois qu'il y a des amours vraies et des fausses ? Et qu'il faut savoir ne plus aimer ?

— Qu'est-ce que tu as Lorie ? Tu connais Lily, c'est ta marraine, elle est heureuse, elle a la vie qu'elle a choisie.

— Mais elle vit seule.

— Tu en es sûre ? Lily vit loin d'ici, de Mexico à Calcutta, elle fait ce qu'elle veut avec qui elle veut.

— Comme moi ! On se ressemble, Lily et moi. Enfin… à part la danse, là, j'avoue, c'est pas mon truc.

— Ça fait quand même une sacrée différence !

— Tu rigoles… C'est vrai, je ne danse pas, mais moi, daddy, j'écris. Peut-être même un jour j'écrirai la vie de Lily… ou la tienne ! Tu ferais moins le malin si je racontais au monde entier que tu te damnerais pour un rouleau de réglisse, ou pire, un sachet de fraises Tagada…

Automne suivant,
dans les rues pas loin de la place Clichy

Lausanne, octobre 1961

Lily,

L'été est passé depuis notre dernière rencontre, si brève. On n'a eu le temps de rien. Maman m'écrit que tu as arrêté l'Opéra, je n'y crois pas. Raconte-moi, dis-moi pourquoi.

Ici, avec Claire et Yassim, on milite tous azimuts. J'ai retrouvé Alban, tu te souviens, ce camarade qui avait refusé de faire la guerre ? Il m'a trouvé un travail dans une imprimerie, j'apprends des tas de choses, c'est extra. Claire est correctrice chez un éditeur engagé. On ne roule pas sur l'or mais on ne manque de rien, si ce n'est de vous voir, maman et toi, et les copains parisiens.

On aide comme on peut pour que cette histoire d'Algérie se finisse par un grand vent de liberté. Ça donne un sens à ma vie : lutter pour la liberté des Algériens et pour celle de tous les peuples opprimés. Il y a de quoi faire avec ces négociations qui attisent toutes les haines. Et depuis le drame de mardi dernier, on ne sait plus où donner de la tête ! Tu imagines, ce massacre, des dizaines d'hommes, de femmes peut-être, tués par la police française simplement parce qu'ils bravaient le couvre-feu indigne qu'on leur impose ? On n'arrive même pas à savoir combien de personnes ont été tuées, certains parlent de centaines… Ce 17 octobre 1961 restera une date noire dans l'histoire de France.

Tu ne m'écris pas. Tu dois être très prise, tes amis, tes sorties, je comprends. Fais attention à toi, avec tous ces attentats… Je suis un peu triste que tu n'aies pas eu le temps de venir nous voir, ce sera pour les prochaines vacances. Si tu ne vises plus le corps de ballet, qu'est-ce que tu fais ? Je n'arrive pas à croire que tu veuilles faire un autre métier.

Yassim me demande de te saluer de sa part, je crois bien que tu lui plais.

Claire t'embrasse aussi.

Michel

PS. Je ne peux rien te cacher, tu le sais… je pense te donner une nouvelle épatante bientôt : le ventre de Claire s'arrondit… Mais chut, pas un mot, ni à maman, ni à Marthe. On attend d'être sûrs pour le leur annoncer. Et il y a les histoires de mariage à envisager, la vie est d'un compliqué…

Au fond de sa poche, Lily froissait entre ses doigts la dernière lettre de Michel. Paris avait plongé dans l'automne. Les feuilles tombaient en rafales, le trottoir prenait des couleurs sanguines. Parapluie en guise de bouclier, Jacques se pliait en deux pour faire face au vent et les protéger de la pluie. Le temps était le plus fort, la coiffure que Lily avait si bien travaillée n'y résisterait pas, des mèches s'échappaient déjà de son chignon. La rue de Douai, ils arrivaient au studio Wacker.

À l'intérieur de l'immeuble, Jacques s'est arrêté devant les annonces collées sur les murs du couloir. Des chorégraphes cherchaient des danseurs, des ballerines vendaient des costumes… Jacques balayait tout du regard.

— Qu'est-ce que tu fais ? Viens, on est en retard.

— Attends. Là, j'ai trouvé.

Son doigt s'est fixé sur un carton ivoire épinglé entre deux affiches de spectacle. *« Mme Piakova, accompagnatrice classique et jazz, prix de piano du conservatoire de Kiev, dix-huit ans au sein de l'Opéra de Paris, disponible pour répétitions et exercices. Téléphoner… »*

Jacques s'est tourné vers Lily.

— Elle l'a fait ! Mme Piakova a quitté Mlle Bellesjambes et l'Opéra.

Après le concours et le séjour de Lily à l'hôpital, ils étaient allés rendre visite à leur accompagnatrice. Ils étaient inquiets pour elle, elle allait sans doute perdre son travail après ce qui s'était passé. Mme Piakova les avait rassurés : elle ne trouvait plus sa place dans cet établissement. Ces ors, ces dorures, tout ce qui flamboyait et qui l'avait attirée, jeune, lui pesait. Elle s'y était engluée trop longtemps, leur coup de folie avec la musique de *West Side Story* l'avait réveillée. Elle avait démissionné avant qu'on la jette à la rue. Elle tirait un trait sur une période lourde de sa vie, elle reprenait sa liberté. Entre les mots, Jacques et Lily avaient compris que Mme Piakova et Mlle Bellesjambes se connaissaient depuis des années. Qu'elles avaient vécu ensemble. Puis il y avait eu l'accident. Mais ils n'avaient pas su ce qui s'était vraiment passé, ni entre leur professeur de danse et l'accompagnatrice, ni pour la jambe de Mme Piakova. Elle avait rigolé en leur montrant son pied abîmé :

— À nous deux, Béatrice et moi, on ne faisait plus qu'un guéridon à trois pieds, pas assez pour voyager loin…

Béatrice. Mlle Bellesjambes s'appelait Béatrice, et elle avait été heureuse avec Mme Piakova… Jacques et Lily n'avaient pas osé poser plus de questions. Mme Piakova leur avait dit qu'elle se débrouillerait, qu'ils ne s'inquiètent pas et qu'ils dansent, qu'ils dansent, puisqu'ils étaient si beaux tous les deux quand ils dansaient. C'est elle qui leur avait conseillé de venir là :

— Mes loups, l'Opéra est trop étriqué pour vous. Ne faites pas la même bêtise que moi, ne pensez pas que vous vous y ferez, le moule va vous broyer. Allez voir du côté du studio Wacker, les chorégraphes y cherchent des danseurs, vous trouverez bien celui qui vous fera avancer. Mais de l'exigence, les loups, de l'exigence. Demandez et donnez le meilleur, toujours le meilleur.

Ce jour-là, Jacques accompagnait Lily. C'est elle qui se présentait à l'audition, ils danseraient leur pas de deux. Lui avait beaucoup réfléchi, et il était décidé : il restait à l'Opéra. Il préférait intégrer le corps de ballet et attendre d'être majeur pour partir aux États-Unis. Pour lui, la danse, c'était là-bas que ça se passait. Peut-être Lily le rejoindrait-elle un jour… En attendant, elle voulait apprendre, travailler avec des chorégraphes qui cherchaient une autre façon de danser.

Ils ne savaient pas où se changer, ils étaient en retard, ils se sont déshabillés là, entre deux chaises posées dans le couloir. Jacques a remarqué le tatouage de Lily. Il l'a touché du doigt.

— Qu'est-ce que… Tu ne m'en as jamais parlé ! Ce n'est pas banal, ça, non ! Belle rose. Je n'aurais jamais osé…

Lily n'a pas eu le temps de répondre, une porte s'est entrouverte. La tête d'une fille en a émergé. Elle les a reluqués de haut en bas en souriant :

— Vous venez pour l'audition ? Dépêchez-vous, on est tous prêts.

La fille avait vu le tatouage, c'était sûr, mais elle n'avait rien dit. Jacques et Lily l'ont suivie dans une pièce immense. Des garçons et des filles de leur âge, d'autres plus vieux, étaient assis en rond par terre. Au milieu d'eux, un cercle de lumière. Et dans ce cercle, debout, l'homme au regard de glace, le maître. La fille l'a interrompu, il les a regardés. Elle a chuchoté quelque chose à son oreille pendant qu'ils s'installaient sans un bruit. Le maître a repris son cours. Il a parlé de l'espace, qui n'avait pas besoin de point fixe pour exister, les danseurs pouvaient se présenter au public de face, de profil ou de dos, chacun d'eux était le centre. Espace, exister, centre… l'esprit de Lily jouait à saute-mouton sur ces mots, elle était en apnée. Elle a sursauté quand le maître a posé son regard transparent sur elle :

— Lève-toi, oui, toi, approche. Rentre dans la lumière et montre-nous qui tu es.

Lily s'est levée, jambes et bras emmêlés. Son chignon a cédé, ses cheveux sont venus noyer ses épaules, sa nuque. Elle a regardé le chorégraphe. Elle a planté ses yeux au fond des yeux couleur glacier et elle a balbutié :

— C'est moi, c'est Lily…

Maurice Béjart a éclaté d'un rire sonore, puissant. Lily lui plaisait, il le lui a dit. Il lui a fait faire des essais, des tours, des jetés, des renversés. Le pas de deux avec Jacques était accessoire, Lily savait qu'elle venait de mettre un pied dans une nouvelle vie. Elle était engagée. Elle allait entrer dans le Ballet du XXe siècle, danser, comme elle en rêvait, à Bruxelles, à Paris, en Suisse… En Europe et dans le monde entier, danser !

*

— La danseuse à la rose… elle a été chorégraphe aussi.

— Oui, elle a monté ses ballets avec des danseurs aux corps différents, comme elle l'avait rêvé avec Nicky, déjà, à seize ans…

— Puis elle a ouvert son école de danse, et maintenant on voit ses *master class* en vidéo sur Internet. J'ai une sacrée marraine. Ça va être dur d'être à la hauteur.

— Il n'y a pas de hauteur, Lor', juste le bonheur d'être soi. Tu ne finis pas ton *gulab jramun* ?

— Non, j'aurais pas dû le prendre, trop sucré.

— Allez, je te raccompagne chez toi. Il est tard, j'ai encore trop parlé, je suis un foutu bavard. La prochaine fois, arrête-moi.

— Tu sais, les histoires, moi, j'aime ça. Le seul truc, avec toi, c'est que je ne sais jamais si ce que tu racontes c'est vrai ou pas.

— Ah, ça… la vérité, la fiction… Qui sait si nous ne sommes pas tous les personnages d'un roman ?

— Ou d'un film, daddy, ou d'un film…

*

Cimetière du Montparnasse, hiver 1961.

Une tombe sans fleur, sans rien. Éclats écarlates, les toutes dernières feuilles des platanes virevoltaient sur cette terre où les herbes folles se plairaient à pousser quand reviendrait le printemps. Un long chat noir s'étira sur la tombe. Il portait à son cou un ruban rouge un peu fané, élimé. Coup de langue sur son dos, mordillements saccadés entre ses griffes, l'animal entreprit une toilette minutieuse. Le vent forcissait. Loin, si loin de Paris, dans ce pays du bout du monde, l'océan devait prendre sa palette de tempête. Les yeux à moitié fermés, le chat humait le vent. Il se leva et vint se frotter à une plaque de pierre lisse posée sur la tombe. Sur la pierre, un nom, deux dates : Nino Bracci, 24 mars 1935 - 16 juin 1961.

Une feuille s'envola, le chat n'était plus là. Ne restait qu'un trait rouge sur la pierre froide, avant que le ruban ne suive à son tour le cours du vent.

Remerciements

À Pascale Maret qui a su faire tenir debout mes chorégraphies improbables, à mes premières lectrices pour leurs encouragements, à mon lecteur préféré pour sa patience.

Notes de travail de l'auteur
Films, musiques, ballets livres cités…

En commençant l'écriture de ce roman, l'image des *Parapluies de Cherbourg* m'obsédait. L'image… et le son ! Les mots venaient sur les paroles de Geneviève-Catherine Deneuve « … *je ne pourrai jamais vivre sans toi ! Je ne pourrai pas ! Ne pars pas, j'en mourrai ! Je te cacherai et je te garderai ! Mais, mon Amour, ne me quitte pas !* » Dès l'enfance, ce film m'a fait découvrir cette période noire de l'Histoire et tous les « pourquoi ? » qu'elle suscite. Le téléviseur en noir et blanc de mes parents était une fenêtre sur l'inconnu. *Peau d'Âne*, *Les Demoiselles de Rochefort*, des films repères dont j'attendais fébrilement la rediffusion. Avant d'avoir un vrai choc cinématographique devant *Lola*, de me dissoudre avec bonheur dans *La Baie des Anges*… Je me suis construite avec les films de Jacques Demy (et d'autres ! bien sûr).

Que ce roman soit un hommage rendu à cet artiste, cet *enchanteur*. Noms propres, noms de lieux, scènes entrevues, les amoureux de son œuvre retrouveront ici des clins d'œil à ses films. Le roman fait aussi référence à *Cléo de cinq à sept*, qu'Agnès Varda a tourné en juin 1961 à Paris, et évoque les films de la nouvelle vague, des livres, des chanteurs, des musiciens de ce début des années soixante. Un tourbillon de création rare.

Films

Les Parapluies de Cherbourg, Jacques Demy, 1964 (extrait de la chanson du thème de l'amour de Jacques Demy et Michel Legrand p. 7)

Lola, Jacques Demy, 1960 (extrait de la chanson *Lola* d'Agnès Varda et Michel Legrand p. 88 et 180)

À bout de souffle, Godart, 1960 (réplique de fin p. 52)

Et Dieu créa la femme, Roger Vadim 1956

West Side Story, comédie musicale d'Arthur Laurents, musique de Leonard Bernstein, 1961

Cléo de cinq à sept, Agnès Varda, 1961

Le Capitaine Fracasse, de Pierre Gaspard-Huit, d'après le roman de Théophile Gautier, 1961

Adieu Philippine, Jacques Rozier, 1962

Le beau Serge, Claude Chabrol, 1958

Ascenseur pour l'échafaud, Louis Malle, 1958

Les 400 coups, François Truffaut, 1959

Un film sur la guerre d'Algérie :

Avoir vingt ans dans les Aurès, René Vautier, 1972

Musique

John Coltrane, *Giant steps*, et le morceau *Naima*, 1959

James Brown, *Got to cry*, 1959

Johnny Hallyday

Les Chats sauvages et Dick Rivers

Les Chaussettes noires et Eddy Mitchell

Elvis Presley, *It's now or never*, 1960
Et Juliette Gréco, Léo Ferré, Barbara, Miles Davis…

Ballets

Le pas de deux de *Casse-Noisettes*, musique de Piotr Ilitch Tchaïkowski
Le duo *Tonight* de *West Side Story*, musique de Leonard Bernstein
Le Boléro, musique de Ravel, chorégraphie de Maurice Béjart

Livres

La Question, Henry Alleg, éditions de Minuit, 1958
L'Étranger, Albert Camus, 1942 (incipit cité p. 34)
Lolita, Nabokov, 1955
Bonjour Tristesse, Françoise Sagan, 1954
La Peste, Albert Camus, 1947
L'Albatros, dans *Les Fleurs du Mal*, Baudelaire, 1859 (cité p. 174)
Quelques livres sur la guerre d'Algérie (1954-1962) :
Des hommes, Laurent Mauvignier, les éditions de Minuit, 2011
Le Jour où Gary Cooper est mort, Michel Boujut, Rivages, 2011
J'ai voulu voir, lettres d'Algérie, Gilles Caron, Calmann-Lévy, 2012
Je suis un héros j'ai jamais tué un bougnoul, Claire Tencin, éditions du Relief, 2012
En vieillissant les hommes pleurent, Jean-Luc Seigle, Flammarion, 2012
Le Club des Incorrigibles optimistes, Jean-Michel Guenassia, Le Livre de Poche, 2011
Dernier Métro, Christophe Léon, Ed. La Joie de lire 2012
La guerre au bout du couloir, Christophe Léon, Thierry Magnier 2008

Dans la même collection

Coup de Meltem, Sigrid Baffert
Tant pis pour elle, Valérie Dayre et Pierre Leterrier
Dragon de glace, Mikael Engström
Le temps des mots à voix basse, Anne-Lise Grobéty
Abaton, au-delà de la peur, Christian Jeltsch et Olaf Kraemer
Si seulement, Tonje Kaernli
L'homme qui faisait vieillir, Rodrigo Lacerda
Délit de fuite, Christophe Léon
Dernier métro, Christophe Léon
La vie est belle, Christophe Léon
X-Ray la Crise, Christophe Léon
Pampa Blues, Rolf Lappert
Enfants de la forêt, Beatrice Masini
L'homme qui cultivait les comètes, Angela Nanetti
Mistral, Angela Nanetti
Derrière la porte, Ingrid Olsson
Freak City, Kathrin Schrocke
Autopsie d'un papillon, Jean-Noël Sciarini
Tarja, Jean-Noël Sciarini
Le plus grand footballeur de tous les temps, Germano Zullo

Cécile Roumiguière

Après une maîtrise de lettres modernes sur Jean Vilar et l'éclairage, Cécile Roumiguière plonge dans l'univers du spectacle et dans l'écriture de scénarios pour la scène. Puis elle glisse dans l'écriture de livres, avec des romans et des albums jeunesse, qui lui permettent de vivre, chaque fois, cet instant unique : partager une histoire et voir ses mots illustrés.
En 2011, avec un passage à la Fémis, elle revient à ses premières amours, avec encore des images, en mouvement cette fois.
Littérature, cinéma, scène… Quel que soit le domaine, elle aime relever ce défi : tisser entre eux les mots et les images pour aller au plus près des émotions et des sensations.
Elle a publié entre autres chez Thierry Magnier, Belin, Magnard, au Seuil Jeunesse, Milan Macadam et Flammarion.

Les Éditions La Joie de lire bénéficient d'un soutien de la Ville de Genève
sous la forme d'une convention de subventionnement.

5 chemin Neuf - CH - 1207 Genève

ISBN : 978-2-88908-255-1
Dépôt légal : janvier 2015
Imprimé en Allemagne

Illustration de couverture : Séverin Millet
Design graphique : Servane Tranchant
Mise en page : Pascale Rosier